FACETAS HUMANAS

I

O Jovem e O Ancião

...

Lúcio Alex. Belmonte

2013

Neste livro apresento a sabedoria em passos

de experiências nas quais, preservamos o que

realmente Somos e dispensamos o que estamos

sendo...

A Unicidade da Unidade

A Realidade da ilusão

FACETAS HUMANAS
I
O Jovem e O Ancião
2013 - 2020

Lúcio Alex. Belmonte

Neste livro apresento a sabedoria em passos de experiências, nas quais, preservamos o que realmente somos e dispensamos o que estamos sendo...

-

A

REALIDADE

DA

ILUSÃO

DEDICATÓRIA

Dou as graças ao Criador por me permitir decidir os meus passos e de provocá-los a caminhar; compartilhando-os em minha existência.

Agradeço a minha esposa, por compartilhar o caminho da eternidade comigo e a nossa filha por fazer presentes eternos os seus sorrisos.

Faço uma especial dedicação as pessoas que fazem da cidade de Lima no Peru, o lugar onde todos que lá colocam os seus passos, deste lugar queiram sempre retornar e ficarem para sempre em felicidades...

A Unicidade na Unidade

Lúcio Alex. Belmonte

B389   Facetas humanas – O Jovem e O Ancião
Lúcio Belmonte - Maringá : Edição do Autor, 2013.
        268 p.
        1. Teoria do autoconhecimento. 2. Espiritualismo
(Filosofia). 3. Aconselhamento. I. Título.

CDD

21. ed. 158.1

Dados Internacionais de Catalogação-na-Publicação (CIP)
(Sistema de Bibliotecas Públicas Municipais de Maringá PR,
Brasil)

Leitura: Stephani Sofya Belmonte VM

Beatriz VMB

Maringá – Brasil / Lima – Perú

APRESENTAÇÃO

Esta é a história de dois personagens; **o jovem** e **o ancião** que se encontram no caminho da vida.

Eles têm passos diferentes, momentos de existências desiguais e mesmo assim decidem se completarem em suas direções de harmonia...

Temos os passos do **Jovem** que se fez só; um sobrevivente da sociedade de consumo, desta sociedade que não se importa um pito com ele e com ninguém.

O outro é um **Ancião**, que decidiu viver plenamente a sua vida, mesmo tendo que ir contra a corrente e assim se harmonizou em seus passos serenos, destes tempos que passam; deixando os seus medos pelo caminho de sua existência.

Eles travarão confrontações de decisões, de perdas e vaidades. Terão embates de direções de Vida.

Maravilhar-se-ão com a descoberta do humor que os unirá e que lhes dará sabedoria em suas simplicidades, em suas expressões humanas.

Tomarão decisões de caminharem lado a lado, mesmo que em diferentes direções de alma.

Em momentos do Caminho **o jovem** tomará as suas decisões e, **o ancião**, as suas. Mas, a descoberta será que, não importa muito a direção compartilhada de cada um, o que importará será a forma da essência dos passos de cada um; o compasso da consciência desta caminhada na Vida dos dois, entre eles e como os outros.

Eles irão verbalizar mais além do óbvio, relatando os seus sonhos sonhados ao pé das nuvens. Analisando o absurdo do tempo que corre; que faz esperar, que demora de ir-se. Este mesmo Tempo que chega ao **jovem** e ao **ancião**, anunciando os seus Mistérios.

Estes caminhantes irão se desprender de objetivos provenientes do embotamento mental, desta lucidez mórbida e do litúrgico ilusório. Estando eles assim, de acordo e acordados, eles caminharão com consciência dos sons que somente a plena realização da espiritualidade lhes dá e, sentirão o poder ao ouvir e entender os seus passos e de outros.

Os seus passos firmarão a busca do desconhecido e a revelação que os encontros de outras realidades lhes trarão, os farão mais sábios.

O entorpecer-se nesta lucidez analítica será inevitável! Porquanto, eles descobrirão em suas jornadas o belo da Vida. Vida que é a embriagante razão de uma consciência algemada entre duas realidades: - As que se sonham e as que se vivem.

Caminharão, tanto **o jovem** como **o ancião**, pelas fontes dos perfumes sociais, às vezes vagas, de ego forte, de extratos equivocados... e sentirão solidão por fim...

Caminharão, às vezes, ausentes e às vezes, presentes.

Revelando e se esquecendo de seu outro companheiro... O tempo. E assim buscarão pensar se eles têm Tempo para mudar? ... De Passos... De Caminhos. Nunca do Caminho!

Nesta jornada estará presente a teimosia adestrada; esta que desfruta de momentos de desejos alados, movendo as suas asas com andamentos de realidades compartilhadas... Eventos!

Veremos o vacilo do **jovem** quando este se obscurece de instantes temerosos em sua existência, buscando a última linha do horizonte de seus sonhos agonizantes... E veremos também, o **ancião**, que reviverá momentos de buscas e reencontros; deixando surgir tempos, desde o anoitecer até o encontro de um novo dia.

Eles; **o jovem** e **o ancião,** irão sossegar de suas inquietações do partir, sem deixar o ir, de pensar e sem impedir o proceder do outro; o não agir...

Caminharão eles, ponderando somente ser o que realmente cada um o é. Tendo a liberdade de viverem à espera do germinar de uma árvore e, compondo o Tempo com vários espaços nos tempos; de acordes outros, em suas vidas. Sementes...

Estes personagens vivem o hoje, cada dia, em suas **Facetas Humanas**; descobrindo assim suas verdades e mentiras...

Sabendo que alguns indivíduos neste caminho têm vidas tão desprezadas que nem a própria morte destas não se quer ocupar para matar.

Eles sofrerão os desenganos de certezas impositivas de religiões festivas; buscando a verdade real como travesseiro em seus sonhos, de uma nova aurora espiritual.

Então, para que eles conquistem um novo dia, agirão como gladiadores da liberdade, lutando contra as bestas da falsidade ideológica e os falsos sorrisos dos dogmas sociais.

O jovem e **o ancião** em os seus muitos passos serão revelados nestas páginas e tu reconhecerás nesta Caminhada a plenitude do seu ser....

Fiquem atentos!

São Sessenta e Dois momentos de convivência intensa e eterna... Com estes Caminhantes, Semelhantes, Homens de passos...

-_-

QUASE O INÍCIO DE TUDO

Caminha **O Jovem**, com a certeza do dia de ontem ter nascido, com a liberdade do presente que se desponta do passado, forjando o incauto futuro para cada um; dando a sensação de um novo dia, um novo futuro, um por vir eternamente por ir-se ao fim... O Viver o Agora.

-_-

Tem **O Ancião** os seus pensamentos que, transformam-se em palavras, se vão mais além do horizonte conhecido da razão, distanciando por vezes da perfeição da verdade emitida por muitos, indo-se dissonantes estes pensamentos ao receptor dos ventos. Ouvindo o que se quer e entendendo, o que a dor, o permita sentir. Revelando o sobrenome de sua alma: - Serenidade.

-_-

Segue **O Jovem** em seus passos, tendo a si mesmo como o representante da humanidade por excelência; tem ele a plena consciência de si, do que lhe é próprio e, o que custa continuar caminhando, do que custa mais ainda compartilhar destes seus sonhos menores... Ele Caminha...

-_-

Debruçado diante do silêncio **O Ancião** vislumbra as riquezas das palavras pronunciadas, de todas as nossas complexidades humanas.

Assenta-se na borda dos esquecimentos dos seus quereres e recebe os beijos do amanhecer silencioso... Novos ares. Renovação!

-_-

Inunda-se **O Jovem** das delícias alucinantes, pedindo aos sábios contá-las todas; Todos os segredos que estão entre as cores do Arco-Íris e de suas tardes cinzentas...

-_-

Pronuncia **O Ancião** em uma desnudez tão distante como a verdade presente; Acentos de recordações do que ele não sonhou. O que não se sonhou é tão triste como os edifícios em meio às praças com flores, de seus perfumes não sentidos. Uma realização que somente existe.

-_-

Sendo **O Jovem** e **O Ancião** Um no Todo e todos sendo demasiadamente simples no Agora; neste momento varonil do Tempo, em perguntas que nunca se preocupam com as respostas; caminham em viver plenamente esta existência em plenitude de Vida.

Eles têm os seus próprios passos e para aqueles que os querem impor truculências dogmáticas, tendo a mira de "suas verdades" a amordaçar esta simplicidade de seus sonhos, asfixiando a realidade de muitos; Estes homens que caminham em liberdade de espirito, vencem todos estes obstáculos dogmáticos... Com sorrisos e gratidões se fortalecem dia-a-dia.

Eles não se esquecem de que a Vida mesmo que, não plenamente vivida, não anula a recordação de uma morte certa, que virá; pelo menos uma, em aparência. Desta forma se encontram **O Jovem** e **O Ancião** para chorarem de alegria, como uma espécie de colírio para os seus olhos de esperança e destilam da dor que também eles sentem, trazendo a eles, os seus benefícios aos seus olhos de almas que Caminham.

Abandonam **O Jovem** e **O Ancião** a agudez da soberba e a irritabilidade da presunção; os porquês dos que já não reparam o dia, no dia, no agora e, atrevem-se a arrumar à tarde, bem tarde renunciando em mudar a noite.

Todos caminham com a esperança de um novo dia conquistar por puro merecimento... Querer, Poder, Realizar.

Em muitas ocasiões **O Jovem** e **O Ancião** são as sombras de outros que se atreveram a se esquecerem de si mesmos. Buscam refletir em seus olhos apaixonados pela Vida a simplicidade do silêncio que de tudo fala, que tudo conta e do todo que tudo revela em seus espíritos de caminhantes; sentem seus passos no pó do Caminho que fazem surgir a cada momento... São Luzes! ...

Caminham ousadamente **O Jovem** e **O Ancião** como humanos finitos e temporais que são; mesmo que eternos até quando durar a vontade de cada um pela Vida. Por sua Vida. Tendo diante de suas miradas os seus pensamentos e, a Fé! .... Inquietante e reconfortante.

Todavia, **O Jovem** e **O Ancião** não se conhecem; Tal como as tardes e noites que se encontram na fração do tempo, mas assim caminham. Por certo se encontrarão no caminho do bosque... Pelo Caminho da construção diária do Ser..... Um criando pegadas de seus passos e, o outro, percorrendo seus passos de pegadas que se apagam do seu passado. Eles são como as formas múltiplas que sopram os ventos da vida, a todos que tocam a **Face Humana**; De todas as cores, de todos os tempos, de todos os sonhos e de uma só Realidade.

Fazendo dos passos enamorados pela Vida, do **Jovem** e do **Ancião**, a plenitude da felicidade; Encantadora e cruel..., mas, divinamente realista.

Estes são os relatos dos passos de Vida do **Jovem** e do **Ancião** em seus Sessenta e Dois momentos de Caminhada Compartilhada, nestes passos de Vida registrados neste livro. São UM, no todo. Vivem a Unicidade na Unidade.

-_-

ÍNDICE

COMPREENDER-SE

Existe O Caminhe, duas vozes, o conhecer Passos. Ecoa através do pó do Caminho, os passos que constituem Vida na existência de um.

O Ancião diz ao vento que percorre o Caminho que o seu sentir e o sabor do Verbo. Deste verbo "Traduzir", que se percebe na viagem, desde o latim "traducere", seguindo até aprofundar-se em seu significado que, conduz mais além do esperado, que transfere as ideias e sentidos, transpõe muros e constrói pontes. Assim são os seus passos, traduzindo momentos.

De este transladar de um momento para o outro.... Tudo revela, explica, manifesta, explana, transparece em todas as vertentes da razão e dos sentimentos; Todas as tarefas deste traduzir, destes quereres, pensamentos, textos, de um momento de partida para o outro momento de chegada; São encontros...

Estas são as Facetas Humanas; estas árduas, de exigem do combater, da ética, da cultura, da sensibilidade, deste Amor Maior e duvida-se do respeito a todos os caminhantes de muitas falas, de ritmos diferentes, no mesmo propósito de servir a Ele.

O Ancião traduzindo-se em práticas reais no seu cotidiano, de momentos a momentos, realça a beleza da Vida. Intermediando entre falas e culturas, de querer e pensar, de exercer o ofício de liberdade e caminhar por amor, se descobrindo revitalizado a cada dia em sua Vida, por aprender ao ensinar. Então diz o Ancião: - Eu em minhas tarefas diárias decodifico o viver.

Este viver descrito em milhares de literaturas, os quais, os linguajares sedentos, destes que se aquietam nos sussurros do silêncio meditativo das paixões, descobrem ou perdem-se em tantas razões; buscam respostas.

Querendo eu o compreender-me em Ser o que Sou realmente.

Percebo-me um Ser Espiritual vivendo uma aventura Humana.... Está é a Realidade Pura!

Eu sou de muitas caminhadas assombradas pelos conceitos de destino, que me feriram por antecipar o que não se concretizou; por apregoar que se deve meditar antes de realizar, e que não é o momento de prática de fé, simplesmente. Somos Seres Espirituais em uma tremenda experiência Humana.

Ledo engano destes errantes de espirito que, espalham pela superfície do caminho, as suas ignorâncias beatificadas. A minha resposta será para estes, os grilhões do esquecimento em que se irão aprisionar de vez, por pensarem o que não são e viverem o que não são. Por atormentar a existência do outro e não ter Vida.

Os Caminhantes sabem do suicídio de todas as dores, de todos os medos e, do simplesmente deixar de ponderar, o que realmente é o seu atuar e, o que é do outro por imposição.

Isto tudo é o reflexo do hostil e histérico embuste que advém dos estúpidos conceitos de extrema ilusão, que segam como a morte o nosso Eterno Espírito Humano.

Em exaustivas coerências estes sábios têm os conhecimentos das auditivas portas e paredes que não se importam em se imporem aos outros; rangendo estas, ao transferirem as suas agonias filosóficas e tormentos da razão medíocre que, provocam o incauto instante... Oportunidades de ilusões.

Imperceptivelmente já se sofre o cambalear destas verdades absurdas, por hora de ímpetos impuros, das quais se revestem de um poder clerical, impostos por estes mercenários da consciência alheia e de suas próprias limitações de fé.

Estes embusteiros da fé ilusória, não da verdadeira, que com as suas gargantas estúpidas esculpem os enganos para causarem mais dependências, emocionais e racionais, em suas práticas monásticas de morte, eu os aprisiono em suas próprias ignorâncias; eu os liberto em meus perdões e os faço andarilhos em meus esquecimentos...

O vazio do não existir resolve o impossível...

Eu Sou Ancião de mim mesmo, sou livre em meus passos, eterno em minha essência. Tenho as asas abertas e fortemente em movimento. Quando decido plainar nesta razão e serenar os meus sentimentos, descubro que uma asa tem a eternidade essencial e a outra, a morte aparente. Ambas necessárias para o voo pleno nesta Vida, que contém esta existência.

Sou Um com O Todo.

Vivo plenamente a minha Unicidade na Unidade. Sou Feliz!

Agradeço por este momento. Muito obrigado!

-_-

O Jovem diz de suas razões de amor e apego à Vida:

- Eu sou de tal finalidade de comunicação, entre os meus sonhos e realizações que, os poderes exalam de minha fala, querendo produzir a busca de passos e o encontro de mim mesmo, neste Caminho.

Saboreio de este falar que, transmite a procura dos encontros e, os meus encontros se traduzem em buscas.

Eu falo do que impera o meu conduzir, eliminando os agregados perecíveis, desta cadência que, explica o entender aquém do compreender. Persisto! ...

Nestes espasmos de cadeias neurológicas a exatidão da emissão, esgota-se, diante do entender do outro; entendendo o outro, por instante.... Compreendo o outro, por momentos.

Eu descontínuo a infâmia do leite derramado e, do trigo não amassado, nas vozes veementes e estéreis dos impostores do Caminho. Eu caminho discernindo o indo e o vindo de muitos, de mim mesmo, dos meus silêncios...

Acendo os candeeiros apagados pelas espúrias intenções dos "profetas" contemporâneos de plantão. Estes que são incestuosamente sanguinolentos, de sede de poder, destes dogmáticos alcoviteiros de almas vazias, que arrastam-se pelos covis da ignorância de muitos, dos medos de outros e, principalmente, pelas feridas da solidão dos demais que estes mesmos as provocam. Estes se saboreiam do suor do labor do outro.

Elimino de minha companhia estes parasitas da fé que, se acovardam diante do entregar-se ao espiritual.

Sinto os trovões ressonantes da dialética e, estes que nos advertem de tantas tolices impingidas por necedades destes, que, nos queres conquistar.

Predisponho-me a negá-los, estes que impõem que sigamos sem darmos os passos seguintes de aquisição de nós mesmo. De sermos nós mesmos! De sermos o que Somos. Somos UM!

Esta é a minha jovialidade, que busca alguém que a todos libertem destes viciados em poder; restaurando a nós, caminhantes, o direito, que já temos de sermos absolutamente livres, como somos todos em essência.

Percebo que nesta caminhada, não é o outro que me liberta, mas são os meus próprios passos que vivem a liberdade. Sou UM com O Todo.

Estes passos convidam a que a humanidade expectore estes ares áridos da lei impostora, e que, se alegre com a vibrante espiritualidade libertadora.

Assim caminhemos...

Somos Caminhantes deste Caminho!

-_-

EXÍMIOS

Eu, O Jovem que Caminha e, que tem a espiritualidade prática, a filosofia como regra de Vida.

Eu derrubo a lei dos oportunistas. Defendo com a vivência de minha espiritualidade à Vida plena do humano e seres viventes deste planeta, sem impor chicotes obscuros.

Não existo por estas determinações, vivo pela liberdade em suas expressões pré-estabelecidas, estimulo-me na coragem e atitude de compartilhar.

Vejo a todos como seres humanos que são realmente e, proponho em nossas realidades a Vida relacional, familiar, como núcleo social forte, que cria lastros pelo Caminho...

Deste Caminho, no agora.

Cada indivíduo desta sociedade, deste Reino, Todos e cada Um, são exímios em apresentar a sua sabedoria individual e coletiva, através de uma discreta dualidade irrequieta; de intelectualidade e espiritualidade declarante! ...

Contrariando o dito moderno que diz: - "Não me siga! Estou perdido". Eu apresento a seguinte frase que vivo: - Perdi-me e encontrei-me em minha totalidade! Realidade. Como vaso fui preenchido sem contestar, rompi-me em meia a imposição do choque que recebi, excessivamente tento reter o que não se pode fazê-lo através de sentimentos desenfreados; estes meus quereres... posso, sem poder ser o que não se é; ou o que não sou neste Agora. Simplesmente sou o reflexo da própria ilusão em que existo.

Eu caminho com Autoridade pela Vida, mas, às vezes, careço de sabedoria em minha existência...

Eu caí nas mãos dos que controlavam as entranhas do feitio do barro. Segui o meu Tempo de transformação... sem ação...

Assim tenho mais sensações e sentimentos em facetas sociais vividas, de engrenagem capitalista, do que me atrevo recordar, eu que quero me esquecer...

Recordo de quando simplesmente eu era eu mesmo, um Simples humano, eu vivia a sinceridade de meus atos, quando me deixei ser roubado em minha essência, iniciei um existir de ilusão...

Agora, antes do nascer de novo, sou estes cacos de vasos vazios, não sou consciente desta minha herança real.

Simplesmente sorrio tolerante a todos os descasos desta sociedade, comprometida com o instante de consumo e, comprometo-me com os momentos de Vida. Caminho em busca dos silêncios...

Encontro-os todos afagando os meus sonhos que serão sonhados em minhas realidades outras.

Sei que os momentos estão sendo roubados; tal quais os tapetes que estampam estrelas cadentes, destes rituais sem os Silêncios emitidos...

Estes; todos eles pisoteiam o belo, esta obra maior que é a Vida. Nossa vida.

Minha vida é única e real, esta, eu a vivo em minha existência. Vivo a Verdade plena sobre os tapetes de meus passos. Evitando estes seres discursivos desesperados que, movimentam as engrenagens da ilusão, que não sabem o que é o amor, e que somente vislumbram o que o amor não é. Vivem a ilusão do ter e não a realidade do Ser.

Eu cri que, o amor iluminava a existência, mas, o que ilumina o caminho da existência, é a iluminação pública. Estes são postes úteis, servis amordaçados do sistema. Saiba que compartilhar não é isso.... Você está fazendo isso errado! ...

O Amor é um querer, é uma essência, que se vive plenamente, que provoca felicidade, que dá paz e, presenteia o momento com a eternidade até quando este dure.

Sou este Caminhante, vivo feliz em momentos de plenitude, em contato com a essência de minha imagem e semelhança com O Todo.

Sou aquele que aprende a amar...

Amando O Eterno acima de todos e aos meus próximos como a mim mesmo.

-_-

DESAPEGADOS

O Caminho tem os seus segredos, que são revelados, através dos passos emitidos em meio ao pó da eternidade, nas existências do **Jovem** e do **Ancião**, em seus desapegos.

As escolhas profissionais, são as concepções da existência descritas pela criatividade e, a simplicidade do querer é compartilhar. Inovamos viver a cada dia.

As nossas palavras e ações, brindam a cada página deste livro de Vida, a liberdade de pensar e interagir honradamente com o próximo.

As nossas decisões e os nossos passos cansam, mas perfazem O Caminho. Tudo tem a sua dose de esforço. Tudo requer o querer! ...

O humano não caminha por glória. Caminha além do que se o apresenta, através dos fardos de uns, destes todos, tolos... temos a convicção do futuro, e rompemos com a espera agonizante do rever do passado.

Somos Caminhantes... somos livres. Vivemos o Agora. Isto é o que importa realmente. Somos desapegados da fama, porque sabemos que quando deixamos as nossas pegadas pelo Caminho, estas já não são nossas, pertencem ao pó da estrada. Descobrimos assim, o Caminho, ao caminharmos por ele. Cada passo dado é o toque do inesperado que surge diante de nós, de cada um.

Sonhamos e contemplamos mesmo quando longe de casa e, sabemos que, o nosso Lar é cada manhã. Estamos sempre perto do coração de quem amamos e nos amam.

Somos sinceramente humanos em nossa essência espiritual e estas são verdades matutinas...

Misturando as nossas lágrimas de saudades com a chuva forte da tarde, seguindo com os nossos passos pelo caminho neste maravilhoso agora, nós nos descobrimos.

Somos poetas e peregrinos que sempre retornamos ao nosso lar. A varanda de nossa casa tem o nome de "**Hoje**", e as portas, de oportunidades...

Em nosso ofício em plena engrenagem social, vivemos as nossas práticas de procuras e encontros. Saboreamos tudo isto neste nosso Agora.

Quando se tem a certeza que não se pode mais orar, simplesmente por conveniência; acalentam-se os silêncios no olhar. Observa-se o todo, que é um privilégio somente para os sábios que trazem a humildade no coração. Pronunciamos Silêncios... percebemo-nos essência. Estamos em preces de Gratidão! ...

Caminhantes nós somos, neste caminho chamado de Vida. Conspiramos em nosso ofício de liberdade e, traçamos os movimentos de nossa rebeldia

ousada, que despreza o ar corrompido dos líderes bea-
tificados e, dos profetas do capitalismo, e declaramos
em meio a um sorriso estonteante, que ambos são um
só!

A nossa autoridade de ofício tem a proteção
do que sofreu o nosso Rei para conquistá-la; somos
mais que simpatizantes, pendemo-nos em estas consequências e, nos encontramos realizando outras vitórias como súditos... Nós Queremos, podemos e realizamos este agora! ...

Percebendo o que nos destrói, e extinguindo as
aparências errôneas, eliminando os desmandos desta
ilusão, navegaremos corretamente por entre as rochas
de gelo destas escalas sociais. Saberemos que somos
livres por dores vencidas, conquistas estabelecidas,
sorrisos outros!

Acusam-nos de terríveis rejeições; nós os
imortais que somos em nossas almas limitadas,
até quando dure, a nossa existência. Teimosamente
vivemos livres a oportunidade desta nossa Vida.

Também sentimos..., mas a nossa autoridade
nos dá o poder sem o protecionismo do capitalismo
agonizante e, da social demagogia falida. O nosso
sentir tem o poder que vem da Autoridade nata, de
nossa essência eterna, de sermos súditos trilhando
este Caminho. Filhos que somos do nobre Ofício de
servir...

Somos deste nobre ofício. Somos o que somos.
Somos seres humanos. Filhos e filhas do Rei, deste
Universo que se expande em nós, em si mesmo! Uni-

versos das essências.

Percebamos os passos dos **Caminhantes**, que nos decodificam à lei que oprime, está que é usada pelos fracos. E a nós nos incumbi de, preservar a Vida plenamente, desenvolvendo-a com liberdade e aperfeiçoando-a com suavidades compartilhadas.

O nosso Ofício Real nos faz caminhar, para que a Vida siga o curso que lhe está indicado, que é mais forte do que qualquer destino; é um privilégio conquistado, é derivada de decisões.... De nossas decisões! Pensamos, atuamos e realizamos neste Agora!

Temos o alvo para alcançar, e com os ventos contra, para nos garantir a trajetória; conduzindo-nos ao indicado pelo ofício que é a plenitude de amar.... Um ato imperativo e responsável, que assim vivemos.

Somos temporariamente imortais... até quando dure a nossa Humanidade que se descobre infinita no dia de hoje, de essência espiritual de puro realismo!

-_-

INCESSANTES

Eu sou o **jovem** de incessantes passos, que caminha pelo Caminho, feliz e, na impossibilidade de os pássaros cantarem, assovio de acordo com o compasso de minha alma. Tudo o que necessito está em minha essência, esta é a sabedoria divina. A provisão divina!

Cada qual carrega o seu direito real de ser o que se é naturalmente; tenho a prerrogativa de defesa de minha própria pessoa, de minha liberdade, de minhas propriedades e de resguardar a minha família. Tudo está interligado à vida. Sou inocente por essência.

A Vida tem elementos fundamentais, tanto em ética e em códigos morais, os quais eu vivo, como também os meus desejos diante da Vida. Sei que tudo me é licito, mas sei que muitas coisas não me convêm.... Estas coisas se complementam e como indivíduo humano, que eu sou, decido por quem eu sou realmente.

A ética e a moral não podem ser compreendidas uma sem a outra. Como também a minha humanidade temporal não se pode vivenciar sem a minha espiritualidade eterna. Nesta devastadora ambição de posse que existe, nesta estupidez humana que se faz presente, transvestindo-se de falsas filantropias espoliando o suor do outro, de outros.

A felicidade seria incessante se vivêssemos o

que somos realmente. Somos simplesmente Seres Espirituais vivendo a experiência humana, neste Agora!

Mesmo sendo jovem, estou abatido... O humano caminha sem saber da essência da Vida, de sua essência de súdito. Às vezes, não pergunto ao outro, por saber eu as respostas.... Sei que outros se perturbam por não saberem as perguntas e desesperam-se por quererem ter a liberdade sem respostas. O Silêncio me ensina a ponderar as verdades apresentadas...

A autoridade faz com que algumas pessoas que a exercem, cresçam e, aqueles que têm somente o poder, de muito diminuem os seus dias. O que somente tem poder, simplesmente incha o seu ego falido; seu e do outro.

Pois, a ignorância é sempre rápida para falar de suas tolices e de contagiar os fracos de princípios.

O passo primeiro para a Sabedoria de Um é, o seu próprio domínio do Silêncio, de si, e, do outro.

Eu não temo a pressão, pois sei que esta natureza que tenho; transforma este pedaço de pedra de tropeços, que estou, em um diamante de sabedoria que sou.

Venço e utilizo-me desta mesma pressão, para lapidar-me, nestes meus passos, conduzindo este bruto em algo precioso.

Desbastando a minha própria pedra, a pedra que sou; eu sei que, a minha humanidade se inunda nas lágrimas das dores dos erros que cometi, mas com a gratidão que tenho e manifesto, eu desgasto estas lascas.

Eu sei que nunca me queixarei do tamanho do salva-vidas lançado para salvar-me a existência.

Não importa a forma que alguns predizem a salvação, não está no tempo, deem-se espaços para as reflexões.

O importante é a essência desta Verdade, que é a salvação neste "agora". O momento é o eterno mestre.

A salvação é lapidar-se por inteiro!

Caminhando, esquecendo-me das artimanhas do meu ego, compartilho existência de meus passos, aprendiz que sou de mim mesmo, e sei que, os outros não se esquecerão de mim, por causa dos meus passos.

-_-

SALMO

A dor da Alma de o Ancião, somente Ele pode cuidar. Cabe a cada um de nós, estarmos guardando a Unidade e, realizando ações contínuas em nossas Vidas para um mundo melhor, uma convivência respeitosa, e desta forma, conquistar a Verdade em Plenitude de Paz.

-–-

Eu sendo o **Ancião** aprendi a Espiritualidade que, Ele colocou em mim, o alento da vida, que dá Vida, desta existência que é eterna.

As crenças humanas são ilusões e somente trazem morte, a Espiritualidade em **Ele** dá Vida.

A Espiritualidade é o sustento da conduta social; e não há espiritualidade que aguente sem o trigo. Compartilhemos o pão com amor. Essência que provê todas as coisas em ética e moral compartilhada.

Os beatificadores da ilusão dizem a todos os ventos que, os opostos se atraem, mas isso o ímã também faz; e isto é o resultado de uma ilusão.

Estes manipulam o que se apega a solidão do outro, de si mesmo. Eles buscam aquilo que tire o ar do outro, e são estes, os criadores das ilusões, das manifestações da asma social de dependência crua e deplorável.

Tudo que é bom, eles tiram do foco, isso produz nos cidadãos, a tal miopia social. Cambaleantes funcionais somente existem e não sabem o que é viver.... Estão sempre mendigando assistencialismos e não sabem compartilhar Vida, somente existências sofridas.

Acordemo-nos todos, desta eloquência que nos enlouquece; as engrenagens não dormem, e movimentam-se como sonâmbulos... O som das engrenagens não acorda os tolos, pois estes tolos traçam os seus ofícios, surdos de si mesmos...

Tudo passa quando o Tempo fica sem tempo de se perceber no Agora. Sincronizemos o Universo com a nossa essência. A nossa Vida pulsa em liberdade! .... Respiremos profundamente e devagar! ...

Tiremos de nós, toda a amargura, fúria, gritaria, blasfêmia e, toda a malícia de nós e entre nós. Porque **Ele** faz com que o Seu sol se levante sobre maus e bons, e a Sua chuva desça sobre justos e injustos. Com a Sua Luz, ilumina os escuros becos de nossas almas e faz reluzir o nosso Espírito puro!

O que sabemos é que, em nosso ofício de humanos que temos; faz-nos amá-Lo, de todo o nosso coração, de toda a nossa alma, com todas as nossas forças laborais e sociais e, de todo o nosso entendimento e dúvidas.

A nossa essência é imagem e semelhança desta Verdade. As nossas decisões são os que nos constroem como seres melhores, assim deve ser....

A nossa espiritualidade não ajunta tesouros perecíveis na terra, mas sabe muito bem como administrá-los, compartilhando-os com sabedoria, com os seus, com os outros.

Sabemos conscientemente de que, o nosso tesouro, está em nosso coração, em nossa mente; os quais nós tocamos, através do nosso espírito, e, este se expande em sabedoria na simplicidade da nossa alma, revelando o que somos. Sendo nós a sinceridade no caminhar compartilhado vivendo a verdade que nos une.

A espiritualidade discreta em nossa Vida, surgi em êxtase. O privilégio de sermos o que Somos nos dá paz e, compartilha a nossa existência em Vida.

De este, estarmos como somos, na presença de Ele, nos relacionando com Ele, em Equilíbrio e Paz com a essência, que vive em nós, assim nos encontramos conosco mesmo.... Dando-nos esta plenitude da felicidade. Passos neste Caminho de Verdades intermináveis...

-_-

TESTEMUNHO

O jovem e o ancião em seus testemunhos; caminham.

- Sendo **jovem** encontrei-me com **o Ancião**, e ele me fala de que, as novas descobertas, são principiadas conforme elas acontecem com fim de algo. Isto não se trata de um recomeço ou um novo marco, mas somente o início de tudo na Vida dos Caminhantes. Em nossos passos não a um fim, somente o começo...

-_-

- Eu sendo **Ancião** em minha vida de muitos passos encontrei-me com **o Jovem** que realiza o momento a cada passo. Decidimos caminharmos com passos paralelos e assim testemunharmos que o desafio dos relacionamentos se inicia em nós mesmo. Rompendo com as aparências e nos mostrando realmente como **Ele** nos vê em essência.

-_-

- Eu, um **Jovem** em meus passos, sei que, ao pedir e ao receber, o Eterno fala, no contexto dos relacionamentos; vivenciando o perdão, a verdade, a misericórdia, a graça e a orientação Eterna de uma Vida prospera. Compartilhando com o outro o que tenho por petição e recebimento de Ele em Sua graça a mim, percebo o berço Eternidade...

-_-

- Eu, **O Ancião**; digo a ti, meu Jovem amigo; eu sei em decorrência dos meus passos cansados de tantos tempos vividos de que, assim tanto eu como os outros, temos as qualificações e a valorizações reais da importância de nossas Vidas, e isto se processa de acordo com os nossos passos. Nestas nossas Realidades que plantamos e colhemos.... Do contato real com a nossa essência ou com as nossas ilusões; depende somente, das decisões que efetivamos.

-_-

- Eu sou um **Jovem** que caminha, também sei que não necessito procurar no outro o que realmente encontro em **Ele**. Está Paz é indescritível. Está na essência, está em mim. O Seu Reino, está em mim!

-_-

- Assim é meu jovem, eu um **Ancião**, em minhas muitas idades, sei o que sei. Apesar de nossas imperfeições de agora o Poder Espiritual nos conduz e nos sustenta, tal qual, a trajetória no ar da flecha ao alvo. Tudo tem o seu Tempo e o seu Espaço a percorrer...

O Arco é a nossa ética e as flechas o nosso código moral. Assim vivemos a nossa espiritualidade. Este é o resultado da nossa experiência humana, neste Agora; ao lançar a flecha ao alvo e não o errar...

-_-

- Sim! Mesmo eu sendo **Jovem**, em meus passos

novos, creio que somos a ação testemunhal, viva, de Seu Amor eternal. Sei que temos toda a Sabedoria que se deve ter; que se necessita neste agora. Neste meu Agora. Em essência, em minha imagem e semelhança criada por **Ele** e de **Ele**, caminho em meus passos e de mais ninguém. Vivo plenamente a minha unicidade.

- Muito bem **Jovem** caminhante. Como **Ancião** a cada dia dos meus muitos passos, elevo as minhas preces de Gratidão e Realidade; Iluminando o que deixo penetrar em minha alma, e sei que isto toca o meu Espírito. A mente é tanto o Guardião como o Realizador de meus passos. A Sentinela de o meu existir.

Digo a todos que estejamos sempre atentos... orando e vigiando...

Saiba meu Jovem que, muitas pessoas conhecem as Palavras do Eterno, mas não o Eterno das palavras...

Estes declaram o que, todos sabem; tanto os sábios e os néscios. Que tudo o que o indivíduo semear, isso ele colherá e, os que outros semearem, estes tolos os ceifarão. Sejamos sempre discretamente Súditos e ousadamente Filhos de **Ele**.

-_-

CONCILIAÇÃO

Diante deste Caminho, o **Ancião** conversa com o **Jovem**, estes passos pelo Caminho: - Jovem! Saiba que a sabedoria é tão vital para cada um, quanto à água que necessitamos; O oxigênio que sustenta a nossa vida, os alimentos que nos impulsionam a existência, as vestes que nos permitem relacionarmos...

A sabedoria é um processo de busca, encontros e desencontros, de fortalezas e fragilidades, de estar conhecendo a si mesmo e compartilhando com o outro o que aprendeu...

Ter-se em paz com **O Eterno,** independentemente de religião e tantas tontas dogmatizes. Encontrar-se pleno é vital. Este é o princípio de sabedoria eterna. A Essência deste Agora.

A Espiritualidade nos permite viver plenamente a sabedoria que vem do **Eterno**.

As religiões nos aprisionam em suas verdades condicionais...

A Espiritualidade nos faz compartilhar generosidade; e não nos afastamos por isso, de nossas culpas, mas nos ensinam a evitá-las.

A obediência não pode ser nunca cega, mas tem que possuir um olhar que, vê além das aparências e, que nos traga compreensão real dos fatos e atos.

Compreendendo a ilusão, que nos assombram, nesta tremenda miragem que, por vezes, toma o espaço da Verdade, mas nunca o Tempo do saber. Temos o conforto de viver em paz.... Em essência neste Agora.

Há momentos na Vida das pessoas que lhes dá consciência da importância dos processos relacionais com o outro, pessoal e profissional. Esta existência compartilhada é a essência da VIDA em propósito e fatos.

É muito importante caminharmos com pessoas de paz e que compartilham êxitos! Aprendemos estes passos...

Este saber nos dá a concepção de que não são os opostos que se atraem, mas sim as diferenças conciliatórias que se complementam.

Somos atraídos por nossos semelhantes.

Somos o que pensamos e agimos e emitimos o que vivemos neste nosso existir.

Sabedoria!

-_-

NUANÇAS

Momento oito

Eu, um **Jovem**, nessas nuanças de existência e Vida, com a eternidade em meu coração, eu apresento o que urge e o que soprar nas penas que, os ventos fortes trazem, desta Verdade que é dita e escrita.

Açoites das certezas fabricadas dos resultados das mentiras, que amordaçam o Silêncio, o pensamento verdadeiro, e o simples passo de um caminhante, eu me liberto, do outro e do meu eu.

Transcendendo do inimaginável e cruel engano de mim mesmo, e questiono-me o que realmente sou em meus momentos.

Sei que, muitas vezes, o fato que determina o êxito, não são as escolhas realizadas, mas as renúncias efetivadas. Decisões.

Há uma diferença fundamental entre Escolhas e Decisões.

O que penso sobre os outros não irá mudar quem elas são realmente, tanto positivamente quando negativamente, mas com certeza, o proferido por mim, irá mudar o conceito deles sobre a minha pessoa. Portanto, emprenho-me em "Ver" a essência do outro, no outro; que é boa; perfeita e harmoniosa, tal qual a minha, o é.

Eu pondero que, as coisas nem sempre são como pensamos que são e, a realidade de um, não necessariamente está inserida em nossa realidade. Não compartilhamos de todos os passos. Decidimos passos. Passos a compartilhar...

Eu conclamo que trabalhemos com este medo que nos faz pensar em, desistirmos em nossos passos e, de compartilhar Vida com a existência do outro...

Apresentemos a nós mesmo a coragem que nos faz lutar e vencer. A esta essência que existe em realidade, apesar da nossa amabilidade com a ilusão.

Considero que não importa as nossas armas, mas sim como as utilizamos. O mesmo se aplica aos nossos atos de sociabilizarmos; a aparência não diz quem realmente nós somos, mas a nossa honra tem a visibilidade de um estandarte que revela o nosso coração, desta forma, se conhece realmente, quem se é, e por inteiro.

É do interior que se expande a Luz que tudo ilumina. Todos nós somos raios perfeitos desta Luz Única.

A nossa existência é temporal, mas a nossa essência é eterna. Somos a Luz do mundo, neste Mundo somos Luz.

-_-

- Eu, **O Ancião** que compartilha passos contigo, falo-te, e, para todos que caminham passos jovens como os seus, que estes como tu; exaltem quando compreenderem o erro cometido, este ato dará a prova cabal que se está esforçando para atingir o alvo almejado. Talvez, percam-se um pouco na trajetória, mas isso é somente uma questão de reajuste; O principal é focar o alvo almejado, e se lançar com toda a intensidade a ele.

Considerem que não há nenhum problema em nos apresentarmos com defeitos a serem trabalhados, estes fazem de nós, pessoas reais.

O que temos que ter em conta é que, não haja justificação para o erro, havendo assim, este se instalará na alma e nos fará perder a essência, fazendo-nos viver somente a forma da ilusão, distanciando-nos da Realidade criada.

Afirmo que a nossa insígnia de ofício como seres humanos, é amar.

Concordo e afirmo que, este amor é, um querer imperativo, consciente e tremendamente forte, que possui asas para voar além da área de conforto, que fortalece as raízes que temos e, nos fazem regressar ao lar com todos os motivos para ficarmos com aqueles que realmente amamos, e nos amam. Portanto, temos os passos da sabedoria para efetivar, o querer realizar, o esforçasse para compartilhar e, o nunca desistir de sonhar. Prosseguir para se viver plenamente a nossa existência.

Sigamos com coragem, que não é, a ausência do medo, mas a determinação, apesar do medo. De fazer à coisa certa, mesmo com muito esforço. A ilusão desaparece, o medo se vai, a Realidade se faz presente!

Saiba **Jovem**, que os acontecimentos dos dias têm suas nuanças de eventos, para cada um e, especialmente se revela para aquele que, observa a sabedoria contida nos momentos. Tenha a certeza de que, mesmo nos tempos ruins, estes não são eternos, tudo passa; somente a alegria se eterniza quando compartilhada.

Teremos dias em que a dor se apoderará de nós, e assim, poderemos senti-la em solidão, mas a alegria merece ser sempre compartilhada, esta é a nossa essência.

Convido a ti, meu **Jovem** companheiro, e, a todos os Caminhantes que, vivamos a Vida na intensidade da simplicidade, nos tons mais belos dos sonhos e que nos alegremos naquilo que compartilhamos por amor.

Que sejamos simples, como o é, a Eternidade.

-_-

EXISTÊNCIAS

Momento nove

Em suas existências como Caminhantes, o Jovem e o Ancião expressam que, toda a boca pode falar o que quiser... E silenciar-se. Todo ouvido também pode ouvir o que quiser e, o que não quiser, mas cabe aos sábios que percorrem o Caminho, com seus passos simples, buscarem a Verdadeira Realidade; sobre tudo o que se emite e se recebe em essência... O Amor.

A boca que fala; tudo o que todo ouvido ouve, somente tem importância, quando nos Silêncios posteriores, os pensamentos se multiplicarem de esclarecimentos e Vida...

Caminhemos, entorpecendo o senso de culpa, culpa destas mentiras; Mentiras intelectualmente trançada de desapegos e erros. Mentiras destes que fomentam a desgraça de um, de muitos, para dividir e assim governar...

Dê uma pausa!

Decida: - Não espere...

Não, espere!

A vida é repleta de Decisões. A solução é ter um Coração tranquilo, uma Alma em paz e um Espírito livre.

A nossa postura diante da vida é o que conta. Eu sei disto e posso decidir por vários caminhos, tais como estes:

- Vamos perder; nada foi resolvido.

Ou: - Vamos perder nada; foi resolvido!

As nossas opiniões nos definem existencial-mente:

- Não queremos saber.

- Não, queremos saber!

Tenhamos a consciência desta vírgula que, dá vigor a existência, que apresenta a Vida que somos. Que nos dá a Realidade deste Agora! ...

Que o foco de nossa existência seja, o Viver ple-namente a nossa humanidade, com todas as suas im-plicações, sabores e sonhos. Sempre! Vida...

Valorizemos as vírgulas existenciais, e, não coloquemos ponto final, em nossa vida, com fazem as ilusões da existência de muitos.

-_-

SURPREENDER

A humanidade, mostrou-se o que era; somente um errante nesta estrada de desvios e atalhos d'alma. Consideramo-nos como humanos que somos; os imortais do querer sempre ser o que desejamos.

Dizemos a nós mesmos: - Isso somente, eu resolvo...

Quando na verdade deveríamos ter o senso do compartilhar, até mesmo em nossas impossibilidades: - Isso somente (Ele) em nós, resolve.

-_-

Eu sendo **O Ancião,** sei que os tolos querem o poder para condenar os outros, e ou, absolver os seus pares.

Dizemos a nós mesmos e a outros:

- Não tenha clemência! Mas o que a nossa humanidade grita em nosso coração é:

- Não, tenha clemência!

Essa é a essência de nossa Espiritualidade.

Clemência com a ilusão é eliminá-la de nossa realidade para todo o sempre.

A Realidade é um acalanto que nos acompanha...

A máxima da humanidade moderna, é que, se deva procurar alguém que nos complete..., mas o que devemos realmente viver é: - Completar-nos verdadeiramente e assim podermos procurar; encontrar um Ser Humano que, nos transborde em existências compartilhadas, e que, nos revigore O Viver eterno. Que nos surpreenda a cada momento de Vida. Vida Plena e compartilhada! ...

A humanidade moderna está confusa, trata a falsidade com educação. Não posiciona a sua existência com dignidade real e, é sempre de atitude questionável, lamentável.

O seu silêncio se faz por fraqueza e não por essência.

A arte maior que podemos criar é o nosso modo de viver; A nossa Vida em existência real com os outros.

Somos família!

Os nossos passos conquistados a cada dia despertam em nós, a nossa finita humanidade e, o nosso infinito senso de sonhar realizações compartilhadas.

Mantemo-nos de pé, sorrindo para as tristezas que passam. Elas sempre passam...

A nossa essência é plenitude. Temos a disposição de toda a sabedoria que necessitamos ter. A nossa provisão não está limitada em nossas realizações. Ou seja, não depende de nós para obtermos a graça, mas sim, o esforço de estarmos digno de desfrutá-la.

A provisão que dispomos é ilimitada para realizarmos o proceder da Vida que é eterna.

Somos mais do que este presente que percebemos, somos o Agora que acontece em toda a sua intensidade.

Somos os guerreiros do Reino, súditos leais em ética e valores universais.

Somos os Caminhantes, semelhantes em passos, em um mesmo Caminho.

Somos àqueles que são surpreendidos pelo toque de Vida, e Vida em abundância.

Eterna primavera! ...

Somos Filhos (as) da Luz.

-_-

ALUCINAR

Penso como **Jovem**, que nós, os mortais, passamos a nossa existência, tocando a porta da Vida por fora, em vez de por dentro; alucinamo-nos porque permanecemos encarcerados em nossa liberdade aparente do lado de fora. Esquecendo-nos da eternidade que habita em nosso interior.

Por dentro, Somos Eternidade em essência, e por fora, estamos em forma limitada e temporal.

Creio que devemos viver plenamente a liberdade de decisões, por dentro e por fora. Arrebentando as correntes do ego e expandindo-nos em segredos compartilhados...

Eu já não me aborreço por causa dos maus, e nem, me detendo por causa dos perversos, todos estes são como os capins, que são amassados pelos meus passos livres e causticados pelo sol da justiça de todos.

Eu Confio no Eterno, pratico o bem, não pela recompensa a mim, mas pelo privilégio de recompensar o outro, por sua existência em Vida Plena e compartilhada comigo.

Eu não dou trelas ao medo, este se enfrentado, se vai logo.

Deleito-me no Eterno, entrego os meus caminhos e acautelo-me em meus passos, tudo o mais **Ele** agirá conforme a sua misericórdia e justiça.

Decido-me pela felicidade, por minha essência em imagem e semelhança a **Ele**. Vivo a Verdade.

Essa é a graça de minha Vida, em minha existência. Vivê-la plenamente feliz, apesar das lágrimas de tristeza que tenho ás vezes, por derramar...

Mesmo quando confio de manhã que sou justo, percebo que ao final da tarde, simplesmente sou o inocente, que busca a verdade.

Tenho a paciência com a luz do **Eterno**, não me aborreço pelos caminhos dos outros; por suas escolhas, erros e acertos.

Sigo os meus passos! Decido ser feliz!

Evito a fúria, a rejeição e a irritabilidade; comigo mesmo, como o outro e com os degraus da Vida.

Sempre se há esforços que proferir em nossa Realidade. Dou um tempo para mim. Desfruto do bem-estar da existência pacífica e humilde, da Vida Plena da inocência. Comparto a felicidade! Sou o que sou. Humano por excelência; espiritual por essência.

Caminho em meio aos alucinantes instantes e vou descobrindo os momentos marcantes, em meu existir.

Amanheço, nutrido em minhas dádivas, que são as heranças que eu recebo, em todos os Tempos...

Sou o que sou; simplesmente estou esculpindo

passos existenciais neste pó... Neste Agora! ...

-_-

HERANÇA

Sejamos impecáveis com as nossas palavras, pensadas e emitidas, pois, cada expressão emitida cria o fato desejado, em nosso interior e propagando-o em o nosso exterior. Atos.... Compartilhemos passos...

Somos conscientes que os devotos da ilusão, tramam contra os justos, que estes que tramam têm a plenitude de suas limitações e mortalidade; e assustam-se com essa verdade. A diferença do Ardil e o Falso são somente nas formas que, a ilusão tem de aprisionar o óbvio. O medo deles da verdade é o mesmo!

Somos mais fortes do que tudo, porque sabemos que as nossas limitações nos libertam da presunção, e que, a arrogância alimenta o mau do exterior ao interior. Os nossos arcos estão flexionados, e a flecha da busca é liberada, a cada passo, para o alvo eterno. Estes são os nossos encontros...

O nosso ego se vai, a essência é percebida, somos eternos e livres em felicidades compartilhadas.

Os racionais quebram os seus arcos, depois de muitas tentativas, sem sucessos. Os imortais continuam a contemplar espiritualmente a trajetória da flecha, lançada ao alvo. A essência é a trajetória que vale a pena ser vivida.

A eternidade felizmente é composta de momentos! A trajetória da flecha ao alvo nos dá experiência de Vida; sendo a nossa herança é a integridade de muitos e, a esperança dos demais.

Vencemos os desafios impostos pelas regras sociais, destes sórdidos e imundos vassalos das sombras, que provocam aprisionamentos e manipulações. Enfrentando-os com paciência, cravando a felicidade em nossos rostos; mesmo que nos custe algumas lágrimas de solidão.

Tomemos emprestado o infinito como cobertor, para sonharmos com acalantos de conquistas existenciais, e assim, podermos compartilhar os louros da vitória, com alegria; com os nossos e os outros.

Com esta certeza, de que, **o Eterno**, firma os passos do Ser Humano, quando a conduta deste O agrada; dá-nos a certeza de que caminhamos em expressões de Serenidade e que, com a sabedoria conquistada dos céus, na disponibilidade na essência do nosso Ser, somos caminhantes; porquanto, os nossos passos são precedidos por Sua Inesgotável Sabedoria e Provisão! ... Sempre!

Ainda que tropecemos pelo caminho, não ficaremos caídos, nos lamentos, como os fracos o fazem. Somos fortes em essência. Temos o direito ás nossas decisões!

Decisões de sermos felizes, de vivermos a essência através da espiritualidade, de usufruirmos e compartilharmos da provisão eterna.

Amparados; Dia e Noite.

Caminhemos...

-_-

COERÊNCIA

Momento 13

O jovem e o **ancião** conversam pelo caminho...

- Eu sendo **jovem** em meus passos, considero que a criatividade é o instrumento das realizações... O óbvio como elemento que desperta o insondável. Tenho a consciência do transcorrer deste tempo. Da inovação que ocorre neste Agora.

-_-

- Eu sendo o **A**ncião, animo-te, jovem caminhante, em que desvie do mau, que compartilhe o bem, pratique a justiça além das conveniências; porque a boca do justo proferirá sabedoria. O sábio dará os seus passos com a lei em seu coração e nunca pisará a terra do caminho com passos falsos e interesseiros. Tenha paciência jovem amigo, espere em suas decisões e siga os Seus passos.

-_-

Eu, em minha certeza de **Jovem,** confirmo que, a injustiça cresce diante dos meus olhos como árvore nativa, alta e forte, mas a sua rigidez a leva a quebrar-se e a se destruir por inteira.

Eu apresento a ti meu amigo Ancião esta que é a minha fortaleza nos instantes de adversidade: - Que esteja eu comprometido com a existência e os relacionamentos de forma integral; e com a minha Vida, viva eu plenamente a Espiritual, que comanda o mental e que, fisicamente me presenteie com as provisões no Agora.

-_-

- Sim jovem, eu sendo um **Ancião** considero, em meio aos meus passos antigos, de manter-me íntegro, observando os passos justos e, nunca me esquecendo de que, o futuro de paz, constrói-se com momentos de coerência com a essência! Assim estes momentos professam que amemos com ingenuidade, e que, caminhemos com Prudência, Serenidade e Paz.

Que tenhamos sempre a honestidade dos fatos em ética, em nossos relacionamentos. E que nos entusiasmemos pelos outros, com os outros, sendo esta a nossa essência moral.

Que sejamos nós mesmos, sempre! Não nos percamos nas ilusões que criamos, e que compartilhamos por descuidos...

O nosso ego é pura ilusão, a sua existência não está contida na Vida. Somente é uma expressão daquilo que não existe de fato, somente de ato. Que se vai com o vento, como o pó do Caminho após o elevar dos passos...

Sejamos sempre coerentes com a Verdade da Vida. Somos Seres Espirituais vivendo a experiência humana.

Fato e atos se misturam, diante da existência e das ausências.

Sempre haverá o momento, este que nos transformam naquilo que a nossa essência o é. Somos livres.

Somos filhos (as) do Vento...

-_-

TRANSFORMAÇÃO

Todos os seres viventes têm o seu Tempo e os seus passos no Caminho. A larva é feita para se tornar borboleta, esse é o sentido de sua existência. A sua consciência é desperta quando a mutação se torna concluída, e com as suas próprias asas, ela levanta voo para a Vida. Está é a beleza deste mistério, quando a existência se torna Vida.

Mate a fúria dos olhos e do coração. Comece rasgando os disfarces e sendo você mesmo, para ti e para os outros. Dê perdão a si mesmo, aos outros, e isto, acalmará a tua alma. As Almas, tanto de sábios como as de tolos, ambas se beneficiam pelo perdão, mas somente as dos sábios as vivenciam plenamente, para si e para com o outro.

Somente os frustrados necessitam de disfarces: - Posições, documentos, etiquetas, posses diversas, poder sem autoridade, ilusões estas, destas. Dependência vital de pessoas e ou organizações...

As críticas severas e as correções implacáveis não apaziguam a fúria interior; isto serve somente como amordaça da dor de um. Das amordaças de muitos...

O "irai-vos", não pode estar desassociado do "não erreis". Todo o ser humano deve estar pronto para ouvir a si mesmo e ao outro. Controlar o nível de exaltação de si mesmo e de seus direitos. Compartilhar Serenidade...

Portanto exalto a todos que, ponderem a tolice de sua autoestima ou falta dela.

Cuidado com a piedade que praticas contigo, isto cria rancores no coração. Em seu coração e de muitos.

Não se exaspere! Não se ressinta do mal, alegre-se com a Justiça e a Verdade. Tudo passa.... Porque é somente uma questão de paciência e determinação para continuar caminhando.

Perseveres somente com Equilíbrio e Paz diante da Realidade.

Tenhamos a alegria que a Vida nos dá, dia-a-dia, nesta possibilidade de vivermos plenamente a eternidade. Alegremo-nos com a Sua presença em nós.

Os devotos institucionais da ilusão dizem de nossas dolorosas austeridades, melancolias e tristezas; atormentam-nos com estas possibilidades infiltradas.

Os Espirituais nos dizem para, amarmos. Que sejamos felizes, que o nosso sorriso seja tão espontâneo quanto de uma criança, que haja entusiasmo em nosso existir. Então declaro: - Que Sejamos todos Espirituais! Compartilhemos a alegria em **Ele**. Esta é a Verdade que dá Vida; vivê-la plenamente feliz, apesar das lágrimas que enxugamos com os nossos sorrisos de esperança.

Tomemos cuidado com a cobiça, ela tem por

escravo o fracasso em seus olhos e no seu coração, ela carrega ilusões...

O sucesso é mais difícil de ser trabalhado do que o fracasso. Isto é fato. A Atormentada busca ao sucesso aparente transfigura o humano, em máquina de êxito. Em mentiras alegres...

Os fracassos acontecem geralmente por descontrole de si próprios; pelo crédito ao ego, e gastos acima de sua realidade e renda, ou da renda da família. Por querer Estar no Ter, em vez de, Ser. Ser o que se é. Filhos (as) da Eternidade e com toda a provisão...

A provisão sempre está em disponibilidade, mas, terás que lutar por sua disposição. Somos Seres exitosos em Vida Plena. A nossa existência se deu em vitória. Somos o que fecundou primeiro, o que foi fecundado para a Vida.

Somos Seres Espirituais vivendo a experiência humana em excelência!mHumanize-se, atenha-se em SER e não, no Ter.

Sejamos espirituais, desta forma, as nossas posses não nos escravizarão e nem a outros. Tenhamos Humanidade para perceber isto!

-_-

PERCALÇOS

O Jovem e o **Ancião** dialogam com os tempos...

- Eu sinto em minha existência de **Jovem**, de que, a solidão, é a forma que o Tempo encontrou para levar-me a me conectar comigo mesmo e, permitir-me conhecer-me verdadeiramente a ponto de me amar eternamente. Sei que este processo deva ser curto, não posso permitir que a solidão me faça companhia. Desta essência e desta forma, eu compartilho o meu ser, com o outro, e sou mais feliz por fazê-lo.

Sendo o que sou; simplesmente humano. Mortal em forma e espiritualmente eterno em essência. Sou um **Jovem** que compartilha passos com o **Ancião**.

-_-

- É assim mesmo jovem amigo!

Conclamo que tenhamos a nossa alegria mais fortemente segura em nossa ética do que em nossa "falsa" perfeição moral.

As nossas motivações internas são muito mais reveladoras "de quem Somos", do que, os atos externos que nos escondem "de como Estamos"; em Inocência ou ignorância de nós mesmos...

As nossas transformações morais, sucessos espirituais e sociais, tudo isso somente são passos derivados desta certeza de inocência. Cabe-nos somente não errar o alvo. Não sermos ignorantes da trajetória da flecha.

-_-

- Grato Ancião, eu creio nestes passos, mas também desconfio, em minha juventude entusiasta, de que, o que desbasta a minha pedra bruta, traz o nome de fé! Esta fé me ajuda a tirar os olhos de mim mesmo e, não desvio o meu olhar para nada mais do que fui, somente estou sendo o que Sou em minhas relações comigo mesmo e com os outros.

Caminho e não me apoio em minha própria justiça e nem em minhas justificativas.

Estarei seguro se ancorado no amor eterno, em minha ingenuidade diante de **Ele**.

O compartilhar é o ato incontestável desta certeza do ser, do meu ser. Sou explícito em minha alegria, vivo a minha essência e da Verdade em prática.

Sim! Eu vi com os meus olhos, que o equívoco humano, é querer ser, o que não se é.

Para que eu alcance a alegria plena, devo colocar em meu coração a Verdade que o Universo clama; O humano por Sua obra criadora é: - **"Veredicto Inocente"**.

-_-

- Bons passos, jovem amigo. Sendo eu **O Ancião** lhe digo: - A consciência dos fatos da vida somente nos traz segurança quando está sob a luz de duas primícias, que são:

- A da Sabedoria e a Humildade.

Desta Sabedoria e Humildade não humana, mas que somente **Ele,** nos dá. Realmente não há formulas que devemos realizar para que, nós consigamos a justificação. Somos o que somos e, isso é perfeito! "**Veredicto Inocente**". Não há o que justificar. Fomos criados em "**Veredicto Inocente**".

O legado maior a compartilhar com os nossos filhos será, as nossas exposições de como realmente somos:

- Os "percalços" pelo caminho e como o superamos;

- Os medos e incoerências e como administrámo-los.

- As ideias, filosofia de vida, na medida da nossa capacidade de intuir, meditar, analisar e refletir o aprendizado recebido.

- De sermos humanos, Jovens e Anciãos.... De vivermos realmente a nossa espiritualidade, eterna.

-Denotar e vivenciar em nossas motivações darias o Propósito; Autonomia e Domínio no exercício de nossos ofícios de súditos desta eternidade de Luz. Diante do azul ou do vermelho.

-_-

EMANAÇÕES

Eu sou o **Jovem** que considera que os céus emanam poemas, os quais, as árvores os decifram através dos seus frutos, e que nós nos alimentamos deles, para o benefício do nosso corpo, alma e espírito humano.

Comparto com o Ancião e os demais conhecedores destes momentos vividos, que me disciplinei espiritualmente, e não é somente uma sensibilidade estética que reproduz um estado espiritual; isto as "religiões multi-níveis" se aproveitam e propagam. Não! Não é assim! ...

Não é nenhuma conexão mística com a natureza, ou outras formas psicossociais religiosas. O meu ser espiritual é aquele que tem o Espírito do Eterno em intimidade em meu dia-a-dia, no meu íntimo, em harmonia com o meu Espírito humano. A Imortalidade no meu Agora existe em fatos e de atos...

As minhas virtudes aparentes não atestam a minha espiritualidade.

Somente quando eu, em meu Espírito me submeto à transformação do Espírito do Eterno, somente assim, eu vivo plenamente a Sua espiritualidade em mim.

O Espírito do Eterno comunica os Seus propósitos através do Espírito (humano) e este se comunica com a alma (mente; processos psicológicos; percepções e sensações).

A alma se comunica com o corpo (realizações físicas). Atos e fatos...

Todo o meu ser está sob a influência do Espírito do Eterno. O que realizo efetivamente é falar com Ele, guardar a Unidade de Sua palavra, instruir-me diariamente; de dia e de noite.

A Maturidade que me forma, é a capacidade de exercer o Ofício Real, em meio ao desagradável e, ao decepcionante de muitos; sem assim, tornar-me uma pessoa amarga e limitada.

Busco sempre as mudanças, mas sem soltar-me dos meus valores, de meu Ofício Real. Neste meu Caminho à Sabedoria, recebo ensinos pelas sendas da retidão; o que é o gozo da paz. Porque agora sei, que não existe travesseiro melhor do que, a minha consciência inteiramente tranquila.

Aceitando as diferenças e promovendo a Unidade.

Guardando o Equilíbrio; Prossigo! ...

-_-

NECESSIDADES

O Ancião fala das necessidades do Ser....

- O Amor necessita do discernimento do querer e, a Fé necessita da compreensão da busca.

A imaginação ativa-se com a ordem de não se orgulhar, na simplicidade do receber, ponderar e atuar. Em realidade, todos os passos estão no caminho; a questão está no como iremos percorrer O Caminho.

Há tempos escutamos de coisas, que acreditávamos que nos tocariam para o nosso mal; mas a reflexão que fazemos extingue as dúvidas, e nos esclarece do amor de nossa ingenuidade.

Assim sabemos que não estamos deprimidos por causa deste mundo, e de nada mais, o que sabemos e que estamos em verdade, distraídos! ...

...Distraídos da Vida que nos prova, da Vida que nos rodeia, da natureza interna e externa, e de pessoas que compartilham as suas existências.... Digo a todos que não se distraiam; e que decidam a cada momento, o que querem realizar, nas graças dos momentos de solidão que terão...

Conhecer-se melhor.... Algo fundamental para viver! Pensar, querer e realizar.

Lembre-se: - Tu não estás deprimido, tu estás distraído. Por isso, tu crês que perdeu em algo, e isto é o que é realmente impossível; por quê? Porque tudo que te foi dado em verdade, não é teu; portanto, não podes fazer o impossível; que é perder o que não é teu. O Agora é eterno.

Tu não podes fazer crescer nem um só fio de cabelo em tua cabeça; tu não podes ser dono de nada que não tenhas controle para compartilhar. Tu e eu não somos donos de nada. Tu e eu, somos os mordomos da eternidade; simplesmente isso.

Recebemos provisões de tudo que precisamos; trabalhamos, lutamos para gerenciá-las e as compartilhamos.

Compartilhar não é um mero gesto de caridade. Compartilhar é ser o que se é; Ser Humano. Ademais, na Vida não se te "Tira" nada: - Tu te liberas de coisas, pessoas e eventos... Tu te alivias a sua carga, para que tu voes mais alto, para que alcances a plenitude da Vida, para que compartilhes o amor e com amor.

A tua existência é o que ocorre desde o teu berço ao túmulo; cuidá-la significa vivê-la plenamente!

Esta sua existência se torna uma escola; repleta de momentos de decisões! Por isso, o que tu denominas de problemas, são somente lições de Vida. Lições de momentos de aprendizagem na eternidade. Saibas que sorrir com o coração é fundamental para todos os dias!

Saiba que nós, não perdemos ninguém... uns se vão por um tempo, por si só ou lhes mandamos viver por outros ares. E aqueles que morreram.... Bem, simplesmente estes se adiantaram; porque para lá iremos todos nós. Ademais, o melhor destas pessoas, o seu amor, segue em nossos corações; em nossas recordações, vivências.... Serão imortais em nós, até enquanto eternos formos.

A mortalidade tem uma beleza sem igual; Imortal até quando dure.

Não há morte... Há mudança de lugar e de momentos e, em outro espaço nos esperam algumas; muitas pessoas maravilhosas.

Meu pai me falou uma vez: - Cuidado com as pessoas que querem que tu as alugues ou as comprem. Infelizmente elas são a maioria!

Ele tinha em seu coração de que, acreditava que o desprendimento ao dinheiro nos leva mais próximo do amor, porque o dinheiro nos distrai de tal forma e com demasiadas coisas que na distância de nós mesmos, nos faz demasiados desconfiados e inseguros, e caminhamos preocupados com os passos dados.

O dinheiro existe, para nos servirmos dele, com responsabilidade. Tenhamos sabedoria em utilizar as provisões, o dinheiro...

Cuidado para com as distrações desta ilusão, ela nos dá uma falsa certeza de que temos o direito de alugar, e ou, comprar, as atenções e ações das pessoas ou até mesmo os seus corações...

Façamos somente o que amamos e sejamos felizes. Aquele que realiza o que ama, está bendito e encaminhado ao êxito. Ademais, a felicidade não é um direito, se bem, um dever; porque se tu não és uma pessoa feliz, estarás amargando todo um ambiente em que vives. Cravando espinhos na carne própria e dos outros. Tomes muito cuidado com isto!

Sorrias de ti mesmo, pois, um homem que não teve nem talento e nem valor para viver, mandou exterminar mais de seis milhões de humanos de vários povos. Esses são os senhores das guerras. Estes não conseguem rir-se de si mesmo. O senhor da guerra tem a presunção de sua existência, considerando que ela é mais importante do que as dos outros, ele não sabe viver, por isso usa da morte aparente para dominar os mendicantes sobreviventes...

A Vida tem a certeza da morte aparente que virá, mas enquanto isso; há tantas coisas para gozar em nossos passos pela Terra, que são tão curtos. Vivamos a nossa eternidade na simplicidade de um sorriso o qual, perdurará até o próximo momento.

Tenhamos Gratidão!

Gratidão pelo ar que respiramos, pela noite de sono, por mais um despertar.

Por termos alimentos e família para compartilhar; o amor como amigo e a felicidade como um Mistério desvelado.

Sejamos imensamente gratos!

Não há força maior no Universo do que a força

da Gratidão genuína!

Sejamos gratos por tudo! ...

-_-

SIMPLICIDADE

A simplicidade de minha jovem Vida se escreve de muitas formas, mas todas estas, eu entendo pelo coração, em essência. Eu não faço nada por obrigação, se bem, somente por amor. Amo demasiadamente e intensamente a Vida. Então, haverá plenitude e, nessa plenitude tudo será possível e sem esforços desperdiçados e com dedicação; porque o que move o meu Ser é a força natural da Vida, que o Eterno me dá. A essência da Luz.

Eu pessoalmente experimentei esta força, ela me levantou quando se me paralisou as minhas pernas por um tempo; por sofrer... agonizava em minhas lamentações, de tantas dores e então, eu entreguei tudo o que eu era, o que eu seria... entreguei todos os meus amores, todos os meus sonhos, todas as minhas responsabilidades, nas mãos de quem um dia me apresentou para a eternidade. Simplesmente vivi o próximo momento, minhas batalhas de dores deram-me vários momentos de aprendizado, novos passos, e forças para conquistar o Caminho; de levantar-me!

Aprendi que eu devo ser feliz, e com a plena felicidade em minha vida, em meu ser, somente assim, teria eu, as condições de compartilhar com o próximo, esta felicidade.

A felicidade nunca poderá depender de outras pessoas, mesmo amando-as verdadeiramente.

Eu voltei a caminhar... e recordo-me sempre: - "Amarás ao teu próximo como a ti mesmo". Imperativo e condicional; eu sei disto!

Reconciliei-me comigo mesmo. Decidi ser feliz, sendo a felicidade uma aquisição; o Tempo serve para gerenciá-la. Somos os mordomos de nossas felicidades! ...

Somente assim poderei: - "Amar ao Eterno prioritariamente e, ao meu próximo, como a mim mesmo". Sendo um Ser Espiritual vivendo a humanidade que se apresenta em mim.

Nunca mais permitirei que me roubem o sorriso, porque sem o meu sorriso em meu rosto, seria eu, como uma noite sem luz; uma mente sem voz e um espelho sem reflexo. Seria uma tremenda escravidão a qual a sociedade me submeteria.

Desvencilhemo-nos da prisão da ilusão.

Somos aqueles para qual a provisão eterna está direcionada.

Sejamos imensamente felizes e eternamente, gratos!

-_-

SERENIDADE

Momento 19

O Ancião revela a Serenidade do Espírito...

Tenhamos a Serenidade do Espírito. Vivamos as nossas alegrias com moderação alucinada e imparcialidade da retidão com compartilhamentos.

Tenhamos a consciência de que, hoje em dia, a liberdade de possuir e de se expressar é muito latente. A sociedade capitalista nos ceifou a capacidade de termos a liberdade de sermos o que somos; Seres Humanos. Pensantes, desejosos e realizadores...

Tanto o socialismo, comunismo e o capitalismo surgiram no berço dos dogmas religiosos e infestou-nos a alma e macularam o nosso Espirito.

Saiba que a prosperidade não é exterior, somente é um reflexo do interior, da liberdade do Espírito!

As preocupações, as concessões nos tiram do óbvio; somos escravos de um despertador já afônico; desde quando nós decidimos abrir as nossas janelas da alma, para mais um dia sonhar...

Somos diariamente dilacerados pelos pregadores da escravidão de mente... que mentem descaradamente... Estes que tudo querem nos impor; querem que o sirvamos em nome de sua falsa deidade, ou presunçosa representação ideológica, considerando-se acima de todos.

Os amantes da ilusão atraiçoam o Eterno com as suas soberbas e as suas intenções de poder.

Querem sempre aprisionar no passado, o outro, para terem poder no presente... de culpas e aniquilações. Acabam com o futuro e independência de um.

As nossas ações e omissões do passado não podem mais ser mudadas, mas o presente é generoso com a nossa ingenuidade; permitamo-nos criar, reinventar os sonhos, construir outras realidades. Sejamos ousadamente confiantes e delirantemente serenos, quanto ao futuro a se constrói e será compartilhado. O Agora existe. Vida é plenitude! ...

A espiritualidade que nos leva a Paz, esta é a nossa certeza de Vida. Somos Caminhantes. Somos semelhantes...

Quem somos nós? - Somos simples caminhantes que entendem um pouco mais de si mesmos, de sermos o que somos; Seres Humanos de Verdade e em Tempo integral e real... Somos Seres Espirituais vivendo a experiência humana. Somos UM. Caminhantes. Semelhantes...

Como Seres Humanos que somos, temos o desfrutar do inverno e das flores da primavera. Saboreamos do chocolate da criatividade, o trigo pelas manhãs, as comidas exóticas nos fins de semana, o vinho em companhia da família amada e conversações com os amigos. Temos os mares e rios, o entusiasmo dos povos, as estórias das Mil e uma noites desta Divina

Comédia que é puramente humana.

Somos os semelhantes que meditam nas Palavras do Eterno, nos sorrisos ingênuos dos bebês; dos boleros, da bossa nova e dos filmes que nos levam aos beneplácitos sentimentos e sensações de nossa alma a viver.... Sonhamos nossas realidades através da leitura de bons livros. Viver O Belo é imprescindível!

Sendo humanos, somos rebeldes sem qualquer diagnóstico fatal. Somos possibilidades de felicidade; livres do tremendo peso da culpa, da responsabilidade e da vaidade, e de tantas outras besteiras que vêm em grupos, depois destas coisas.

Estejamos plenamente vivos! Desfrutemos cada instante, profundamente valorizemos o momento, este como se deve ser, neste ato de viver a Vida. O Amor em cada momento; será mais importante do que o ar que respiramos! Nisto os livres creem! ...

Nunca nos esqueçamos da alegria, pois, não estaremos mais deprimidos por conta e contos dos males dos outros, e nem, de nós mesmo, pelo menos, não por muito tempo. Tenhamos a Serenidade de ajudarmos a uma criança que nos necessite, esta criança será a sócia de nossa existência nesta Vida.

Ajudemos os mais idosos e, os jovens respeitarão quando o sejamos nós, os anciões de dia. Ademais, o Ofício é uma felicidade segura, é o gozar da natureza, o de cuidarmos dela para os que virão. Somos um.

A nossa Unicidade está intrinsicamente ligado a Unidade. Compartilhemos a nossa existência sem medida. Isto é muito bom. Compartilhar faz as sementes brotarem! Estejamos atendo não somente ao campo, mas à qualidade das sementes que semeamos!

Amemos até nos convertermos em nossa versão melhor, compartilhando com a pessoa que amamos e com as que confiamos.

Que não nos confundam uns poucos homicidas, suicidas e idiotas; O bem é a maioria, mas por algum motivo, em algumas ocasiões ou momentos outros, não notamos esta força...

Os autores são humildes e silenciosos, anônimos por natureza e a sabedoria e, por vezes, encharcada com o teor etílico do nosso ego. Que nos cuidemos sempre! Simplicidade e o Servir, são os passos no Caminho. Do Caminho! ...

Sabemos que alguns explodem bombas do descaso, fazendo ruídos de indiferenças, omitem as suas caricias carentes, através dos nossos sorrisos amordaçados; mas, por cada bomba que destrói, por cada ruído que rompe o silêncio da alma, por cada carícia omitida, há sempre milhões de quereres, que alimentam a Vida. Vale a pena nos nutrimos de nossa Espiritualidade em nossa humanidade!

Vamos vivendo a nossa Serenidade de sonhos, pensemos que, se o Eterno tivesse uma geladeira, Ele decerto, teria a nossa foto colada nela. Se usasse uma carteira, certamente a nossa foto estaria dentro dela, juntamente com a da nossa família. Se utilizasse de uma rede social na web, certamente já nos teria adicionado nela.

O Eterno não está limitado nem ao Tempo e nem nos modismos dos Espaço... estas são as prisões que criamos com as nossas mentes limitadas.

Liberemos a nossa mente, e não nos esqueçamos de sorrir todos os dias, mesmos naqueles dias em que, a tristeza vem nos fazer companhia e que às escondidas, diante do espelho, em meio às lágrimas, teimamos em sorrir...

Mesmo por um minuto, sorria em meio às lágrimas, suas lágrimas. Não se esqueça de que é Ele que nos dá flores a cada primavera, o amanhecer a cada dia, o descanso na noite, o ar que respiramos e o alimento que nos sustenta. Que as nossas lágrimas se tornem momentos de gratidão! ...

Não nos esqueçamos de que temos o nosso nobre ofício e, cada vez que queiramos falar com Ele, certamente Ele nos escuta com toda a paciência. Escuta a mim, a ti... em oração. E para que o escutemos, somente temos que, meditar neste diálogo celestial, guardar a Serenidade de Espírito e direcionar a nossa consciência...

Enfrentemos os desafios, os medos, as estagnações, as perdas e as próprias conquistas... Tudo é fruto da mente, que cria a ilusão, de um e de muitos.

Sejamos felizes. Compartilhemos a Vida.

Sorrindo escandalosamente com os olhos cheios d'Alma é com um compromisso de Amor eterno.

O Eterno não nos prometeu dias sem dor, sorriso sem tristeza, sol sem chuva, mas Ele colocou em nosso interior, as forças para cada dia, o consolo para as lágrimas tardias e, Luz para o Caminho que os nossos passos percorrerem.

Sejamos realmente felizes! Não "Estejamos" felizes; isso deprime qualquer um.

Quando em existência, se apresentar mil razões para chorar, enfrentemos como um guerreiro e subjuguemos estas tolas razões; viva tudo com uma certeza inabalável diante dos seus olhos: - O tudo; Sempre acaba. Somos Um no Todo.

Que tenhamos a certeza de que O Nome nos está abençoando e guarda-nos sempre; que faz resplandecer o Seu rosto sobre todos os Seus, e que tem misericórdia para com todos nós.

Que O Nome sobre todos nós, levante o Seu rosto e ponha em cada um dos Seres Humanos, seus Filhos e Filhas; O Equilíbrio e a Paz, e a Sabedoria que nos proporcione, vigor para um novo dia.

Sejamos imensamente gratos! ...

-_-

BREVIDADE

Momento 20

O Jovem e o **Ancião** diante da brevidade...

- Meu jovem tenha a consciência da brevidade desta existência e a eternidade da Vida, isto é fundamental para que os nossos erros sejam evitados, corrigidos e até mesmo, nos dedicarmos por um Tempo a restaurar o que estiver ao alcance dos nossos esforços para tal.

Que o escrito em nossa Vida diária, possa ser lido, por todos, e a todos lhes dê, mais do que esperanças; Realizações.

Sendo a Sinceridade, a Sabedoria e a Humildade as Sentinelas de nossa fortaleza, as nossas insígnias que permeiam a nossa Vida, com forças eternas sendo compartilhadas com entusiasmo.

-–-

- Sim! Bom conselho meu amigo Ancião, mas quando me vejo acuado pelos príncipes do mau, em minha consciência plena; Recordo do meu Rei e saio das paredes do conformismo e impeço a continuidade do que me paralisou... Tenho acesso através da oração e da meditação, ao íntimo de minha alma, meu Espírito. Estes momentos revolucionaram os meus pensamentos e, reescrevo assim, os meus segredos de Caminhante, tornando-me simplesmente semelhante... com o outro, e caminhando serenamente.

-_-

- Belos passos meu Jovem, que sejamos como os livros bons, que prendem a atenção do coração do outro, e que, permitamos que se vire a próxima página de nossa existência. Percorramos Vida. E se, de repente, tudo estiver dando errado, fechemos os olhos e nos liguemos aos céus, além das estrelas e, contemplemos aquele que nos ouve em Silêncio e vê, o nosso coração.

Bebamos o néctar da Sabedoria, sintamos a maciez da consciência tranquila, absorvamos a fragrância da coragem, tenhamos a respiração da criação, falemos a linguagem dos anjos e compartilhemos a pureza da verdade. Humildade sempre é bem-vinda...

Vivamos os nossos sonhos!

-_-

- Sim, eu sendo um **Jovem** Ser; eu tenho os meus sonhos adormecidos nos braços do vento, acompanhado de pensamentos esquecidos, nos jardins suspensos do sono, na intensa magia da busca, nos rastros dos encontros... E quando insisto em amarrar o passado em meus calcanhares, estes doem de tantas tolices que me fazem tropeçar. Urgentemente me livro deste cadáver do tempo. Sonho, simplesmente o sonhar...

-_-

- Meu Jovem tranquilize-se, quando a chuva da razão cair em solo fértil da consciência do hoje; não importará mais o que fere a fera da culpa, prevalecerá às distâncias dos tempos e dos templos.

A Verdade está em ti.

O Reino está plenamente em nosso interior.

Destes acertos e enganos, não existindo mais palavras para se descrever o que sente sendo livre, temos as nossas ações em conformidade com a nossa fidelidade de Filhos (as) que somos... ao nosso pai eterno!

Sintamos o vento fortemente contra, forçando os nossos passos e neste momento, estiquemos as asas, as nossas asas, e nos lancemos ao voo da liberdade única de ser, o que Somos...

Somos aprendizes...

Somos Seres Espirituais nesta aventura humana.

-_-

REINVENTAR

Momento 21

O Ancião reinventa o pensar...

- A nossa persistência em escrevermos palavras de honra em nossa biografia, dia-a-dia, nos dá a contextualização da Eternidade, em todos os nossos momentos.

É preciso persistência para ser e não apenas nos aprisionarmos no Ter. Querer A Paz de compartilhar Vida e não somente existência, é de suma importância.

Não aceitemos que nos segurem a nossa mão, aqueles que não têm a intenção de liberá-las. Este foi o nosso aprendizado ao longo do caminho percorrido.

Compartilhemos passos, com passos de amizade sincera. Outros passos nem tanto o são, nem passos e nem sinceros, tontos tantos que são. Mas os passos dados nesta nossa caminhada nos permitem descobrir a intenção do coração de um... uns bons, outros nem tanto. Sábios e Tontos...

Assim os são, Sábios e Tontos; tudo é uma questão de Decisão. Não importa o Tempo, vivamos intensamente esses passos, que tanto revelam de nós mesmos, e dos outros. Vivamos intensamente a ingenuidade deliciosa, do deixar para depois as ilusões e, vivamos a Verdade do Agora...

Façamos o seguinte.... Revelemo-nos ao outro de uma forma simples, que realmente lhe surpreenda por nossa sinceridade.

Malditos sejam os falsos conhecidos que com as suas palavras defendem as suas farsas e quereres e, com os seus atos de perfídia incondicional, remetem-nos ao esquecimento de nós mesmo, ferindo a nossa alma.

Deixe escapar aquele instante que nunca mais retornará e se fixe em viver aquele momento que se eterniza.

Percebamos que o nunca também é possível de se viver, mesmo no Tempo que passou. Destas diferenças de importância, pensemos nas verdades que nunca existiram. Construamos o Agora. Joguemos fora as marcaras que partem e compartem em silêncio, as sombras das ilusões de muitos. Deixemo-nos reviver o sentido do Caminho, com os pés no chão, sentindo o calor do dia e o frio da noite.

Reinventemos o momento da busca, o que for mais importante, a ponto de, nos encontrarmos intimamente com a Verdade. Não somos turistas em nossas próprias Vidas. Em nossos caminhos... somos os autores de nossa Vida e escrevemos felicidades em nossa existência.

O sofrer é uma perda de tempo, uma tremenda estupidez! Sorria para si mesmo! Sorria de si mesmo!...

De palavras ditas o mundo está cheio, de Atos Verdadeiros, nunca o estará! Siga os códigos Universais.

O exemplo vivido é mais forte do que, palavras roubadas e emitidas por pura ignorância.

Tenhamos a confiança no coração, nada passará e efetivemos atos correspondentes desta confiança.

Fechemos a porta, para que o outro não ocorra em erro.

Abramos as janelas, para que possamos compartilhar...

Sonhos...

Decida-se! ...

Decidir é muito mais importante do que escolher! ...

-_-

REMISSÃO

O Jovem e o **Ancião** vivenciam a remissão... Sendo eu um **Ancião**, sei em meus muitos passos que somos heróis de nós mesmos e também somos os nossos vilões. Sinistramente emitimos um sorriso que revela as cicatrizes em nossa alma, que é transpassada pela razão do aprendizado de Vida nesta nossa existência.

-_-

- Eu sendo um **Jovem** ferido, pelas pedras em meus caminhos, proclamo que não exista castigo para aqueles que amem com toda a intensidade, neste Amor de um ato responsável, exuberante. Determinemos que não exista recompensa para aqueles que desejem que o seu ato de amor lhes dê retorno. As relações humanas são mais sinceras quando não obtêm lucros emocionais e outros ganhos.

-_-

- A existência é uma ilusão, sei disso, sou **Ancião** e de certo de que não existem muitas coisas que desejamos; mas, de certo, existem consequências de tudo que realizamos. Este é o princípio universal da Vida. A realidade do Agora.

Temos autoridade em proferir decisões!

Vivamos de decisões e não de ocasiões que nos

demais sabores das consequências; desejamos degustar. Isto tudo é ilusão.

As decisões próprias motivam a existência e, não nos deixam estarmos sendo manipulados, por ignorantes da liberdade. Permite-nos escrever a eternidade em nossa Vida.

-_-

- Em meu pleno e atual vigor varonil, sendo **jovem**, digo que tudo isso é uma delícia para os guerreiros no café-da-manhã. Sejamos úteis ao compartilhar, em vez de, estarmos sendo usado pela mesquinhez de muitos.

Sobressairei com a minha humildade ao servir e não ao competir. Terei amor próprio, não dos outros, não desta piedade interesseira que ridiculariza o próximo diante do Universo. Amarei mesmo, de Verdade e em Verdade!

-_-

- Escolheu ouvir a sua própria voz, meu **Jovem** amigo, quando perguntas você faz em sua alma! Então, não espere que as vozes de outros te consolem. Medite! ...

Creia em **Ele**, em seu interior e, tenha de Sua Paz.

Eu sei dos problemas das mentes fechadas, que não se questionam das engrenagens que as movimentam e, vivem de boca aberta, expelindo as dúvidas e limitações que em seus corações se angustiam. Tenhamos piedade por eles! Compartilhemos a Verdade.

Sei também dos de mentes abertas que recebem tudo sem se questionarem da origem e dos atos seguintes. Vivendo de aparências das realizações de outros, estando todos estes em uma terrível semeadura; colhendo falsidades, tendo expectativas infundadas e verdades intensamente questionáveis.

Inverdades humanamente aceitas por patentes, de palanques, e de púlpitos...

Meu jovem, sejamos nós mesmos sempre e vivamos plenamente a verdade que a humanidade tem à disposição. A Verdade nos liberta!

Nos liberta porque, o que mais importa, é a magia que flui no coração livre. De este saber que possuímos, quando as chuvas das descobertas acontecem em nossos momentos, e temos assim a consciência de que, sempre haverá o solo fértil de nossas almas para semeá-la. Permaneceremos em paz!

Tendo a paz, evidenciando em nosso olhar a Vida e denunciando a mudes de muitas existências.

Somos os remidos de nós mesmos!

Absolvidos por nossa essência inocente.

-_-

DULCIFICAR

Momento 23

O Jovem dulcifica a mente...

- Acredito em meus próprios talentos, mas sei que não sou dono deles. Substituo os pensamentos que isolam, criando pontes e vivendo o pensar sem pesar, distinguindo a Verdade que constrói realidades nos muros das ilusões.

Sou bendito no nome de **o eterno**, porque a eternidade pertence a **Ele**, como a sabedoria também. Igualmente a Força e o Amor que tenho.

Sei que **o Nome** é quem muda os tempos e, limita as estações de vida de cada um. Remove os poderosos de suas presunções e, mantém aqueles reis que servem com humildade o Seu povo.

Somente **Ele** nos dá sabedoria, de sábios que, compartilham entendimentos de buscas e, de encontros. Corajosos são os caminhantes que buscam a sabedoria e ou os sábios que caminham por ela...

Vi por minha vida jovem que a falta de coragem impede transformar o choro em sorriso, a dor em força, a franqueza em fé e os sonhos em realidades positivas. Todos os dias eu decido a minha felicidade. Por minha felicidade e do outro. E sei que nada é grande ou forte demais, para determinar a não construção de vitórias em minha existência. Eu decido!

Desde o momento em que acordei para a Vida e até quando dormirei a minha existência; buscarei intensamente viver o desejo de eternidade. Confiança...

Da Vida aproveitarei os momentos, e do acaso virão pessoas que decidirei ou não, em compartilhar minha Vida, mas sei que as minhas atitudes e as delas, serão o por onde eu decida quem ficará compartilhando a existência ou a Vida comigo.

Não faltando o Tempo, nem se arriscando a espera, sinto a pena no alpendre dos meus questionamentos e investigo tateando ás estrelas distantes, desta possível ternura que dulcifica as dúvidas existenciais.

Mesmo nesta sociedade que estando com diabetes milito de deseducação, espera agonizante pela recuperação. Faltam-lhe Equilíbrio e Doçura no trato.

Tenho o brilho das estrelas no meu olhar, a voz dos mares ao sussurrar amores em minhas lembranças; A força da esperança e, recomeços sem ser o novamente de novo. Não importa aonde paro ou em que momento eu me canso de continuar seguindo; o possível sempre é possível, propiciando uma nova oportunidade e, acreditando eu, em mim mesmo, novamente.

Renovo-me Sempre!

Não me acostumo com aquilo que não me faz feliz.

Revolto-me se necessário, gotejando esperanças sem me afogar nelas.

Sigo vivendo o Agora que é o resumo de minha eternidade e os meus passos são livres para aprender e ensinar.

Dulcifico o meu olhar, com as Verdades contidas em minha alma e destiladas em meu Espírito.

Sei do mel que o Silêncio carrega! ...

-_-

PRUDÊNCIA

O Ancião adverte com a prudência...

- Mostra-se livre, mas não se prenda a imagem. Decida-se ser o autor e não o protagonista dos seus atos.

Quando sentir que precisa voltar, regresse sem olhar para trás. Os passos que regressam sempre serão para adiante em outro ponto, em outra rota, mas sempre no mesmo e único Caminho. Nisto há Sabedoria!

Quando sua alma for invadida de possibilidades de ir-se, vá, o mais rápido que a tua prudência lhe puder oferecer. Se sair tudo errado, inicie a caminhada novamente, sem ser novamente. Estando tudo certo, continue os passos no caminho e, se algo estiver incomodando, mude a frequências dos passos, mas permaneça no Caminho.

Sentindo saudades, vá, ao encontro. Se tu te perderes, encontra-te imediatamente, após a conquista da paz interior que habita em teu sono...

O Tempo é o tempero, cuidemos da intensidade.

Tendo a demora marcado hora, espere cumprir o tempo de sussurrar possibilidades, de sacudir a segurança, de duvidar das juras, entendendo à toa, o dizer de muitos.

Quando o coração assanha por perdas e ganhos, chore baixinho e anima-te o seu sorriso a voltar depressa...

Sejamos nos momentos de muitos; o perfume dos loucos, a paixão no peito dos outros, o mistério no olhar de manhã, tenhas o gosto na boca deliciosa da vontade, a expressão do corpo sem insanidades, os desejos inesgotáveis da tarde, a invasão dos segredos que deixamos para depois. Sejamos momentos...

Sejamos sempre, as carícias que enlouquecem e o acalanto que acalma a busca; O delírio da razão, o ardor doce da chegada, o desejado encanto que ficou sem se importar com os dias e noites.

Haverá sempre quem não entenda o presente, que, às vezes, torna-se ausente, para deixar o que não se ficou...

Os pensamentos e palavras interpretam de maneiras diferentes, a existência de um e os olhares de outros.

Prevalecendo a Verdade, dando razão ao tempo que, não tendo o Tempo de se perder...

Vivamos um dia de cada vez, um apenas, sendo o maravilhoso hoje; sem se esquecer dos aprendizados e, de adubar a terra a ser semeada para a colheita; na proximidade dos Tempos, nos desejos de um, de todos...

Não permita que as tuas vontades calem o teu

silêncio, envolva a saudade em teu coração e domine a tua autoestima. Sorrias, iluminando assim a sombra assanhada que a ti busca.

Voes rigorosamente bem distante de ti mesmo, perdendo-te do teu ego. Encontrando-te na unidade de Ser Um no Todo.

Faças do veneno da soberba, o preparo para o antídoto que, dará saúde a Todos àqueles que aprenderam a amar. Sejamos todos; livremente responsáveis!

Aprendamos a guardar as nossas alegrias, mesmo envoltas em lágrimas de saudades.

Carreguemos a prudência no olhar, que silencia as vontades loucas da procura e que nos contenta o encontro.

-_-

QUIMERAS

Momento 25

O Jovem e as quimeras...

- A generosidade do Silêncio inunda a minha Alma, podendo eu assim, compartilhar o máximo deste vazio que tudo preenche, no momento que, a noite observa o pôr-do-sol, e me diz todos os segredos dos humanos desejos. Todos...

Intensamente desfaço as ilusões do dia, sorvendo uma saudade que estranha o revelado e, perdidamente prossigo a leitura do livro do meu Ser; Das Histórias lidas nos segundos dos séculos, na fragilidade dos devaneios calados que sinto pronunciar... Silêncios...

Sendo o meu sonho o companheiro inseparável do meu sono; faço-me perguntas, cheias de respostas.

Sigo a inspiração pura e perfeita, na imensidão das possibilidades que se deleitam, no desdém da dor, que me afoga o inexplicável, delirando com a razão e santificando-me dos atos miseráveis do meu ego! Remissão eu vivi...

Tenho a lúcida Verdade que profana a mentira. A felicidade de um e de muitos, é tão possível como o pôr-do-sol.... Tudo acontece no decorrer da Existência. Vida! ...

São minhas as rimas perdidas; o outro iludem com plágios de si mesmos; com o que eles se fazem perder deles mesmos.

Eu choro na alma, as lágrimas ocultas de minha face. Grito em meus Silêncios, palavras de acalanto...

Em um olhar pensativo, vago pelo universo contando a todos dos meus sonhos, dos que devaneei por tempos absurdos, e dos quais, comovi a mim mesmo das minhas perdas e de minhas conquistas.

Meti a razão que me atormentava num claustro de ilusões, para dizer aos íntimos do meu querer, que a minha Paz me fez perceber, que tudo é possível crer.

Meus olhos penitentes da ausência da razão choraram lágrimas de saudades, ao entardecer dos meus sentimentos.

A Humanidade disse a mim os seus todos; todos os silêncios, todas as pausas, sonharam todas as realidades, produzindo toda a quietude, e em seu todo o eu, perdeu-se nos encontros com o outro Ser.... Todos...

Olores de quimeras emanaram de cada um destes meus sonhos, destas minhas realidades vividas. Sorri!

No regaço do amanhã, questionei o hoje.

Compadecido eu fiquei consolando o dia, adormecendo à tarde antes da noite em si mesma despertar. Eu estive soluçando em madrugadas escuras! Contendo a saudade por um instante, que não se perdura no tempo; que vem dizendo o que o eu não sou. Sentimentos...

Eu esvaeço de gestos determinantes de bravura, tateando os termos da alma longinquamente na penumbra do belo sorriso, deste que me fortaleço para o infinito.

Soltando a voz e proclamando Paz. Fazendo parte do coral dos tempos.... Humanos mensageiros de boas-novas.

Nos meus momentos cansados de tantos vazios, abraço o nunca que chega e, reinvento o Ser, o meu Ser. O seu Ser que pulsa. Somos criados por **Ele**.

Sei que a decisão sempre será; ser ou estar e esta é a questão! Sofremos por flechas que não são lançadas ao alvo e de pedras que teimamos em tropeçá-las...

Temos a corrupção do esforçar da luta. Dormimos em instantes que não pertencem à eternidade dos momentos. Que nos desvencilhemos destes enganos.... Provoquemos merecer os nossos desejos. Sejamos livres de todos os túmulos da existência. Já não nos chicoteemos com os descasos dos outros e, nem dos nossos...

O orgulho, que veria a ser o nosso opressor, se deteve diante da insolência humana, de muitos sorrisos próprios, de almas sinceras, de esquecimentos outros...

Acovardam-se em seus silêncios de tolos, os

de muitas palavras de mentiras e enganos. Perdem-se rumos, cessam seus passos, e teimam em não quererem se esquecer de si e nem dos outros...

Sei que é bem-aventurada a percepção do óbvio.

Ser espiritual e estar humano; esta é a questão de Vida que extingue as quimeras da existência.

Somos Luz e temos a imortalidade da Vida na mortalidade da existência. Temos o Mistério em fatos e em atos desvelados. Uma Verdade Universal.

Somos ao rompermos com as ilusões da existência; a plenitude da Vida!

Eu e tu. Todos nós... de quimeras mil, somos a certeza de que a Vida é eterna.

-_-

ACONTECIMENTOS

O ancião dizendo dos seus silêncios...

- É no silêncio de nossa Alma que vencemos as terríveis batalhas diante de nós mesmos.

Revendo os conselhos dos tempos passados, amando as palavras e compartilhando com cada ato aprendido, prosseguimos...

De todas as impossibilidades, estas verdades, declaram a superação que vem pela Sabedoria da nossa remissão. Singeleza! ...

A simplicidade é a autoridade do nosso poder de ser o que somos; mesmo além de nossas impossibilidades... sonhamos e realizamos!

As palavras tornam-se passaportes para viajarmos desde o íntimo do Silêncio meditativo, ao coração dos outros caminhantes; realizando atos em meio a melhor versão de nós mesmos. Construímos pontes!

Que nos encharquemos com os raios de realizações em cada manhã, mesmo em dias nublados.

Esperanças! ...

Nestes nossos passos pela Vida, nos deparamos com a ingenuidade esfacelada, em sua capacidade de brincar com a imaginação, por estarem usurpadas de sua liberdade e, feridas em muito, no íntimo de um.

Qual a causa disto?

São provenientes destes embusteiros da fé institucional.

Algozes sorridentes destes clérigos da ilusão que vivem em busca de poder para ter....

Poder... desta imaginação que foi sequestrada pela insanidade sagrada da ilusão, que nos consome com ares de liberdade vindoura. Mentiras lucrativas que nos envolvemos em nossa existência, distanciando-nos de nossa vivência espiritual... Verdades condicionais.

Pensamentos críticos não são um "postal" alarmante em uma rede social cibernética qualquer, faz-se presente na meditação de um.

Estas vivências confinadas em gigabytes ou "terá bytes" geram a ansiosa indiferença, que é mórbida na concepção da prática da informação, nestas práticas que amordaçam a Serenidade de tudo em todos.

Muitos creem que vivem, mas sobrevivem a sua existência sem sonharem, num sono sem nutrientes de respeito e liberdade, produzindo uma débil semente que dá a estes um futuro inacabado, que poderá gerar uma árvore tão fraca que não suportará nem mesmo os seus próprios frutos. Raízes dos esquecimentos...

Este acontecimento não resistirá aos ventos do não se importar. Porque quanto mais não se está bem consigo mesmo, mais precisará a humanidade de coisas externas por tentativa absurda de compensar a solidão em que em meio à multidão vive. Devemos reagir; infiltrando o nosso coração, além dos oceanos dos pensamentos que, já não inundam está sociedade acabada, estas de tantas procuras e sem nenhum encontro. Ilusões! ...

Solidão em meio à multidão; isto é realidade contemporânea.

Os religiosos da ilusão forçosamente nos concluem de servos de suas engrenagens e desprezam o Reino do qual Somos súditos e, que temos o Ofício das insígnias eternas. Estes estão rumando para a sua própria extinção, ilusão...

Está é a mudez nua do que silencia a verdade, esta que expõe a inexistências destes vultos. Tumultos...

Escondemos assim, os desejos de liberdade, estes sufocados por nossas mascaras sociais que, corrompem a nossa alma; por puro consumismo que nos cala a essência. Sonâmbulos nesta ilusão nos tornaram em muitos... em todos... Tempos!...

Somos habitantes de selvas, que vivem em Janelas fechadas, revelando as tristezas daqueles que não querem mais olhar o horizonte para sonhar. Ressentem-se com a intensidade da Luz.

Estamos imundos, com as poeiras dos pensamentos antigos, que se vão para debaixo dos tapetes do Tempo, e que com o seu peso em nossas asas de consciência, já não nos permitem, voar... voarmos mais...

Compreendamos as possibilidades de nossas transformações, e continuemos não permitindo que arranhem as paredes d'Alma com incredulidades dogmáticas.

A alma humana é de dual olhar! De um olhar de dentro para fora, que necessita de atos, mais do que de palavras. E outro olhar, de fora para dentro, dos quais as palavras são luzes desesperadas para encontrarem a escuridão de um e eliminá-la por completo.

No final do túnel, por assim dizer, encontraremos a Verdade íntima com o Eterno e, não haverá forças que demovam os nossos propósitos de sonhar, nos originando alívio existencial. Serenidade frenética! ...

Tracemos as palavras rumo ao coração e, furtivamente, nos inclinemos para o espelho que tudo revela do exterior, copiando as sombras que refletem de nós mesmos, as luzes, do que somos. Assim, poderemos verdadeiramente e honestamente lançar as verdades em súplicas, com versos de orgulho de nossas lágrimas ocultas, refletindo outrora inúmeros sorrisos;

libertando-nos de tudo em todos, neste momento, do Agora.

Deliciemo-nos com as mãos que afagam os fatos seguintes de transformação, de este resgatar, no íntimo do Ser e, deixemos os gritos do Estar aparente, para os punhados de ventos de poesias que passam e aliviam o peso do saber. Do somente saber... Só mente. Saber!...

Rompemos com a aparência dos instantes, que como a névoa vem e num certo momento se vai. Instantes são.

Destas dores na alma de tanto sonhar, ouçamos os ecos do passado como lembranças que nos impulsionam a vivermos outras realidades. Sorrisos!...

Realidades conquistadas a cada dia, a cada sorriso, a cada esperança sonhada, idealizada em um dia.

Em cada passo efetivado em nossas vidas, neste Caminho onde somente os caminhantes se tornam simplesmente semelhante, lancemos os nossos passos.

Passos, meus passos semelhantes de si mesmos, de mim mesmo, neste Caminho! Acontecimentos...

Não tenhamos o peso do passado a reivindicar as justificativas de nosso presente. Em nosso presente. Ausentes!...

Sim! São os meus passos que fazem o Caminho que percorro; O Caminho que existo. A ausência é o passado de um futuro, que se silencia, diante do Agora!...

Imprimo os meus passos em Seu Caminho, para querer que, as pegadas dos meus passos, não se apaguem por puro esquecimento, dos que ficaram na ilusão da forma...

Agora! Em meu agora, sei que a Espiritualidade não necessita atrelar-se a nenhuma religião institucional.

Honro os meus passos diante do Eterno, em qualquer lugar, momento e disposições...

Sou a essência de sua criação, sou a Sua Imagem e a Sua Semelhança. Isto me basta. Conforta-me, liberta-me de mim mesmo e de todos.

As organizações espirituais somente existem para passar o conhecimento que se tem no íntimo de cada um, em cada um.

Para Momentos de Gratidão, compartilhar. Esta é a razão dos encontros!

Festejemos a vida diante de **Ele**.

Com a Gratidão em lágrimas de alegrias eternas, em meio aos silêncios das certezas, no pulsar alucinado do acalanto que emana do coração.

Gratidão!...

-_-

PROFESSO

O Jovem e o **Ancião** professam o Caminho...

- Meu **Jovem** companheiro do Caminho; Conheça a si mesmo e os demais. Se faça real, através da leitura dos códigos de ética, que tem cravado em tua Alma.

A Espiritualidade somente é uma, entre tantas oportunidades de se amar e de declarar Gratidão ao **Nome** que é a Luz é o candeeiro.

Sabendo que as religiões são de incontáveis desencontros de formas, busquemos a essência do Ser. São nestas semelhanças de Verdades proferidas e outras tantas profanadas, que nos degustemos dos dolentes segredos e das insolentes realidades. Somos um.

Pronuncies meu jovem amigo, as palavras misteriosas que navegam pelos oceanos do seu íntimo e que bravamente clama o poder de fugir sempre de uma ilusão não muito conveniente, tanto a ti e a outros, mas saibas que não poderás fugir de um sonho que sempre te alcança para ser realizado. O Sonho de que faz parte um no Todo.

Somos os sonhos do Eterno realizados no Agora. No nosso Agora.

Não somos estas gotas sanguinárias das realizações mundanas, que nascem como complementos de sonhos sem realidades e de iguais realidades sem sonhos...

Somos Luzes que iluminam as buscas e os encontros!

-_-

Convido-lhe meu amigo **Ancião** que, doidamente invadamos as lembranças de momentos perenes e de instantes que se foram...

Que rusticamente brademos a confiança numa vida, eternamente bela. Que interrogando os enganos de alma desvairada que se alucina em suas razões de consumo, sintamos o perfume do ar leve da vida serena, em si mesma. Tenhamos a realidade na intimidade dos silêncios. Paz!

Deixemos de amparar a cegueira de alma, destes raciocínios dos bestiais religiosos institucionais que culpam a vida e ferem a consciência de liberdades causticas por suas ilusões.

Serenamente, escutemos os soluços das asas, que teimam em se movimentarem, na liberdade, de um simples voar. Livres para sonhar, mais de uma vez, com O Agora.

Somos livres destes donos da verdade alheia, que se rastejam por seus graus de poder sem autoridade, sem saberem sonhar, somente sabendo continuar a sobrevivência, pobres lastimados... Ilusões! ...

Lastimam a Verdade com os seus projetos sociais, que são paliativos da razão para lhes darem sustento e respeitabilidade; ilusões de mando e de manto.

Destes, nos distanciemos todos, agora! Que possamos estender a mão, mas não ao ponto deles nos puxarem... Temperança! -_-

Sou **Ancião** de passos, meu jovem.

São os teus passos, os olhos que fitam a esperança...

Tivesses estado nas tristezas dos que seguem atalhos, seria como o deitar do sol que se esfria no fundo da planície dos sonhos não sonhados....

Sofrerias de frio em tua alma solitária. Portanto, decidas viver, ser feliz e, correr em silêncio por tua inocência, diz com os teus atos e fatos, que a vida é bela. Tudo é possível no Todo.

Componhas existências, de estar com todos, plenamente satisfeito com os vossos passos.... Compartilhes a verdade que liberta, através de um sorriso sincero, um coração quente e pulsante, um sonho sonhado por ti e por muitos.

Sendo todos, um no todo; a intensidade da unicidade vivendo a Unidade.

Sejas tu e todos, os remidos de si mesmos, libertos de vossos próprios cativeiros de ilusões.

Livres para amar, mesmo que tardia, aparentemente se faça.

-_-

ACREDITAR

Momento 28

O Ancião acredita...

- O Eterno não está aprisionado nas páginas destes livros sagrados, reconhecidos ou não, revelados ou não.

Tudo é vaidade. Ele é o verbo que dá vida.

Molhemos os nossos olhos, pelo caminho dos passos esquecidos, que se vão deixando presentes...

Lágrimas!

Estão são confusas e estúpidas, daninhas nas árvores do Tempo. Quisesse eu acreditar em dogmas de seres mortais; mas não posso! Vivo plenamente a liberdade da Luz que de Ele emana. Sigo como tolo na sabedoria dELE. Alegrias...

Aprendi com os Sábios Espirituais que sim, é possível compreender as falas e os silêncios de um. Pois, rejeitando os domadores de sonhos, estes bastardos em seus predadores atos da liberdade; repudia-se estas cadeias e as suas mentiras em atos ilusórios de verdade.

Eles propagam que o sol foge para se esconder na noite, mas a realidade é que o Sol vai ao encontro, com a noite, misturando-se em outras luzes que estão ocultas das sombras e não nas sombras! ...

Estes escravizadores do poder da ilusão, sobrevivem de atitudes impetuosas ou, tramadas por amargurar as almas fracas dos cegos que guiam para atalhos. Lamentável!

Seres.... Serão eles, estes seres. Seres que estão e não o são? .... Provavelmente, ainda assim, são seres àqueles que, emitem murmúrios de conhecimentos e que não têm a sabedoria de perceberem que as flores sorriem e que os rios cantam, as árvores dançam, e os humanos inocentem clamam, dando graças a todos os atos de felicidade plena.

Sim, são estes os emissários de suas placas congressionais, dos seus desalentos institucionais! Palanques escravizados em ilusões mentais que eles mesmo criaram para si e para outros.

Tão belo como um dia tempestuoso em uma chuvarada rápida, ficamos em meio a estes tontos e de todos os sons murmurantes de suas almas errantes; protegendo-nos dos errantes passos deles; de tanto quererem ser o que nunca serão.

Sabemos nós de que o momento é a Luz que preenche as trevas!

O Poder sem Autoridade corrompe muito mais do que possamos perceber. Então, por privilegiarmos a Sabedoria em nossas vidas, guardemos um Silêncio maravilhoso de alma para com estes déspotas da fé. Cônscio de suas mazelas, e doemos perdão sincero a eles.

Sou ciente de que não há aceitação que dure para sempre, e não há negação que seja "eterna", sem estarmos em plena verdade, de todos os tempos e templos; sejamos simples, o próximo também é um conosco... Pelo menos em essência, nem tanto em forma.

Sejamos a vírgula que recupera ou perde o Tempo de pontuação, o ponto de ação que marca pequenas pausas de meditação, que saboreia as frases tão sábias, tomando ar de nós mesmos. Medita a ação. Meditação! ...

Não desprezemos o ponto e vírgula atemporal que somos, pois sufocaríamos o outro com as nossas prolongadas existências pretenciosas. Somos em momentos nobres, ponto e vírgula, somente isso! E quem dera, um dia, nos eternizemos, transformando-nos em reticências, até a chegado do ponto final. Pontuações eternas! ...

Arejemo-nos de liberdade e que, vivamos eternamente, o fim desta ilusão aparente.

Somos em imagem e semelhança a Ele, determinados em sermos felizes. Podemos e fazemos.

Tudo é possível para aquele que crê!

Crê na liberdade que a Verdade traz. Realizações!

Acreditemos em formular pensamentos em atos e formas reais.

Sejamos os que resplandecem a Luz.

PERSCRUTAR

O Jovem e o **Ancião** perscrutam a Vida...

O **Ancião** profere: - O mau se revela na prática das instituições da ilusão. Todas as ilusões matam, mas somente a Espiritualidade dá vida; ela promove a paz e o respeito ao próximo, independente de quem sejam ou de que fé professem estes.

Eu te digo meu jovem amigo de que a Espiritualidade é o que é; é quem realiza a ação do verbo em nós e o Espírito do Eterno, dulcificando-nos com o Seu Amor. Educando a nossa brevíssima existência e a nossa eterna vida.

A Vida nos faz dar passos à frente e, mudar as estratégias de sempre, para percebermos os relevantes momentos com pessoas e outras situações conosco mesmos.

Assim os fatos explicam seus pontos de vista, e a sabedoria não nos permite deturpá-los. Fatos e pontos de vista são atos expostos à Luz...

A Espiritualidade vence as limitações das crenças e a fé é, pois, um dos momentos que se ganha paz eterna. Eu sei, sendo um Ancião destes meus passos antigos, que são imprescindíveis para a existência de muitos, dos que não conseguem se desapegarem de tudo e de todos. Compartilhar filosofia é um privilégio de meu ofício!

-–-

- Em meus breves passos de existência, já percebi que, a espiritualidade é como um rápido sorriso, desta jovialidade que tenho, não somente de tempo, como de íntimo.

Os segredos passam sem pousar por definitivo, nos lábios proféticos dos amantes, todos os silêncios e ais; mas, o que deixa um gosto inesquecível de quietude é a cumplicidade no íntimo com os passos compartilhados em sabedoria!

A Espiritualidade é algo que não se consegue enxergar de perto, amenos que seja com o coração, pois ela emana de seu interior e do Seu íntimo.

Exortei-me o aquietar, que é o melhor discurso da humanidade. Desta humanidade que está repleta de crônicas de insatisfeitos e persistentes bufões irreparáveis. Mas, apesar de tudo, e de muitos, a humanidade é a representação maior da eternidade.

Sim! Algo vai de braços dados com o mau na educação desta humanidade de deidades outras. É a ilusão da mente humana que, tomou lugar da realidade divina. Lamentos! ...

-–-

- Aprendi em minha longa vida, a não me desassossegar por nada. Porque se assim não o fizer e proceder eu, estaria desvalorizando o sorriso que dura pela manhã seguinte, dissimulando as mediocridades no café-da-manhã, com sorrisos de alma.

Nesta inigualável ousadia dos tolos, que se fascina com os seus próprios pares, estes que quebram o equilíbrio da busca e do encontro, perdendo-se atoa em suas ilusões domesticadas; eu me proponho ser o que Sou. Filho do Eterno.

Permaneçamos serenos e caminhemos contentes, pois, seguimos o Sábio Eterno em Seu Caminho; O nosso Caminho, nos encontraremos em Paz.... Serenos!

Ponderemos estas delícias do saber de todos os Tempos; ousando o precipitar das lágrimas de saudades e resgatando o dissuadir àquilo que nos assombra, além do ponto final da existência. Eternidade! ...

Confortavelmente nos endoidemos lucidamente, diante de todas estas tolas complacências, sociais e ilusórias. Lançando um olhar perscrutador em nossa alma inocente e livrando-nos de nós mesmos, dos limites dogmáticos do poder alheio que nos quer aprisionar.

Amemo-nos nesta deliciosa realidade! ...

O prazer do dever, ler a alma solta, dos olhos do Espírito que revela este rio que, corre sem afobação, sendo estes os nossos passos, neste Caminho; de brisa fresca que vem com o meditar, das matinais ponderações aos cansaços noturnos das realizações.

De letras pintadas em papeis que se aprisionam

para libertar... distingo o atrevimento de compor o inesperado que se é lido; entendido e reescrito na alma livre daqueles que, têm os seus passos, marcados no pó da estrada, em todos os tempos e templos...

Na bruma que dá um tempero especial a tudo isto que se revela na terra que em sua face tem; os passos, e os pós que pertencem... declarando versos eternos...

Somos irremediavelmente felizes.

Temos os nossos dias, os quereres, a Luz que nasce dos momentos dos nossos olhos fechados, mas abertos em sonhos...

Estamos bem perto da felicidade!

Tu a percebe? ...

-_-

CREDENCIAIS

O Jovem e as credenciais do Espírito...

A economia que rege os relacionamentos está no núcleo ativo do compartilhar. Esta verdade, nós aprendemos em família. Sendo todos aprendizes deste processo, desta economia de Fé. Somos credenciados a ministrar a paz, reconhecendo o outro como um, respeitando cada indivíduo como se é, e, o seu coletivo professando a Unidade.

Também tenho convívio com pessoas que gostam de Mistérios, porque simplesmente não passam de esfinges sem segredos a revelar, não vivem os seus próprios passos. Estas pessoas não sabem a verdade da vida; a qual revela que somos a simbiose das coisas que nos desequilibram e nos restabelecem a sensatez. Somos pensamento, decisões e realizações. Serenidade!

Nefasta é a fome incoercível por informação, em vez de formação ao saber. Lamentável!

A alma tem a ardência da caminhada que nos ajuda a reconhecer os nossos feitos e também os que se farão presentes. No pó do Caminho, ficam meus passos...

As veemências da existência que se apresentam dia-a-dia, de repente, estimulam-nos a viver, ainda mais...

Mesmo na plácida Luz do inverno de minha alma, dela adquiro a sabedoria, que faz despertar-me antes dos primeiros raios do dia, não chamando a tristeza para mim, mas contagiando os meus olhos, de pura alegria do viver.

Tendo ideias e razões, realizo; buscando no meu interior, àquele que me ensina a concretizar o imaginado.

As minhas lembranças acariciam a minha existência e de muitos. E os meus atos em meus fatos, revitalizam a minha Vida e de muitos. Todos, absolutamente todos têm, as suas insígnias de fé, as suas credenciais de Ofício de vida.

Todos nós temos as nossas histórias repletas de tentativas, sucessos e tantos outros passos...

Acontecem em nossa existência, instantes e momentos. Decidamos pelos momentos.

Demo-nos o que podemos dar; sendo sempre a verdade! A Verdade é quem nos dá o sossego à nossa alma. Este sossego se dá àqueles que sabem o Caminho. Que o sabem percorrer corretamente.

Sonhamos... realizamos.

Sigamos na intuição que leva à humanização do Espírito. Bradando a Fé, nos Silêncios dos pensamentos e, construindo efetivações através dos códigos de honra em atos simples, compartilhando afazeres. Sorrir no íntimo é um ato de realizações...

Não admito a coexistência com a mágoa, que não explica e nem consola nada; nem ninguém. Pura ilusão! ...

Neste profuso existir humano, eu me enamoro da verdade e me apaixono pela Fé! Creio no óbvio e em seus mistérios.

As únicas marcas que eu vou querer em minha face futura, serão as dos meus sorrisos passados, estes que eu compartilho, e, dos beijos que ganhei e dou...

-_-

DIALETOS EXISTENCIAIS

O Ancião e as falas...

Vençamos com o que intuíamos de nossos sonhos a essa normalidade que virou loucura e, estimulemos a aniquilação destes delírios de Ter para Ser.

Construamos assim uma sociedade mais justa e verdadeiramente humana de acordo com o nossos Dialetos Existenciais. Compartilhemos Paz! ...

Nestes meus acontecimentos que se passam em sessenta e dois momentos, me faz querer o bem. Procedendo em passos de alegria, revigorando o ato e compartilhando minha existência com os outros. Acreditando nos princípios que regem a minha vida é fundamental para a existência de um e de minha descendência. De nossa sociedade intuída.

Alucinar de vez em quando, com as verdades dos outros é um privilégio que somente os normais têm por controle; isto para não se perderem nas digitais dos demais. Sendo único em si mesmo e sendo um com Todos.

Na brevidade de se expressar os sentimentos mais verdadeiros, são necessários os temperos da existência, que devemos acrescentar em nossos relacionamentos, todos os dias.

Nesta coerência do Ser para com o ter, somente se faz satisfatório, aquilo que possamos compartilhar, com aqueles que, sabem que estar tendo, não significa sê-lo para sempre.

Nesta compreensão das debilidades dos outros não é compactuar com estas, é simplesmente firmar nossos próprios passos em outros ritmos, não os deles.

Semelhantes sim! Iguais, não. Por quê, seria? ...

Conciliar o que sabemos, com a intensidade das informações que recebemos de outros; construindo a forma de arte que dá consciência dos processos de formação.

Informação é diferente de formação! ...

As credenciais são prerrogativas da existência de cada um, a melhor de todas é a credencial de sermos, os humanos falíveis, com todos os nossos acertos. Isto nos eterniza em espírito. Faz-nos despertar pela manhã com um gostinho na alma de "quero mais"... De ter a certeza de que o incerto é algo a ser conquistado. De ter sempre um sorriso pronto a liberar...

Em desapego a tudo isso, o fundamental é, estarmos e Sermos, mais leve do que as nossas próprias dimensões de culpas. Nutrir-nos de nossas inocências! ...

Apresentando os dialetos de nossa intimidade, as quais são decodificadas somente por aqueles que realmente amamos e que nos amam. Eles sabem da verdade, porque assim a confiamos a eles! ...

Dulcifiquemos os relacionamentos; que são fundamentais para a saúde do Ser, do nosso Ser.

Somos a exímia criação, que revela o importante momento do Universo, a energia principal e vital, o motivo real da existência de Todos e de tudo. Confiança! ...

Existência é em si, doação.

Compartilhando razões, sentimentos; buscas e encontros, e manifestações de fé! São heranças que recebemos.

Incessantemente busquemos os Encontros.

As necessidades são supridas nas generosidade e graça dos momentos. Fonte que está em nosso íntimo. Sempre a disposição, mas nem sempre disponível; isto é uma questão de passos.

Das nuanças da razão, somos buscadores da verdade eterna. Estando nós, nestes percalços que nos impedem, às vezes, de nos estreitarmos em intimidade. Encontremo-nos e ouçamos o nosso interior.... Perscrutando assim os nossos corações, construindo pontes que nos conduzirão até a bondade.

Professemos o que vivemos plenamente, nesta humana sociedade que constituímos!

A prudência, tem-se de acordo com as decisões; nem sempre acertando, mas na maioria, ouvindo a doce voz que nos orienta a caminhar o Caminho. Consciência! ...

Destas quimeras das nossas percepções sociais, nós as vivemos todas, mas depois de um breve Tempo, as entregamos deliciosamente no altar das possibilidades do óbvio que não conhecemos. Permaneçamos serenos; reinventando o dia, todos os dias, sorrindo e vertendo lágrimas de paz. Silêncios...

A remissão dos nossos erros são os nossos aprendizados; tendo a consciência purificada, em todos os nossos passos, que são os grandiosos momentos de educação recebida...

Esta serenidade nós obtemos, não por mérito nosso, mas por mérito de todos ao compartilhar passos.

Em simplicidade nós aprendemos de nossos passos; muitos foram feridos, outros titubeantes, mas em sua maioria, de exitosa carreira de fé, estes passos continuam no Caminho, apesar da dor...

Que nos surpreendamos a cada dia, com o outro, Sim! Isto será preciso; para que a nossa arrogância se debilite em nossas defesas de Fé e assim possamos enxergar a nós mesmo, agonizantes de saudades dos cuidados de todos, de outros. Desejosos sempre do privilégio de existir por sempre, nesta eternidade de tempo curto do qual dispomos.

Aprendamos que a colheita é comunitária, mesmo que, o preparar do solo, seja efetivado solitariamente; cada qual é responsável pelo todo em suas obviedades diárias...

Este é o ato imperativo de amar, amar existencial, que ajuíza além das eras, que analisa as distâncias entre os seres, e assim, as encurtam na distância do som de um coração que pulsa amando; da mente que ousa confiar!

O Amor investiga o que pensa e o que busca. Nós nos encontramos com todas as nossas intensidades possíveis e possibilidades impensadas. Em preces... Silêncios...

Este Amor que eterniza a humanidade eleva e transcende a Fé, sonha e auxilia o próximo, mesmo este estando tão distante de si mesmo e de outros. Atos! ...

Esforçando-se pelo o outro, depurando relacionamentos, sorrindo ao derrubar muros.

Construindo pontes, alegrando-se demasiadamente com a simplicidade. Feliz como uma criança...

Não existe destino, existem decisões! ...

O Caminho e passos.

Enlouqueçamos e envenenemos a morte; que ela adoeça gravemente, pela solidão e egoísmo; e com isso, eternizemo-nos ao compartilhar dádivas.

Regeneração de fatos e atos...

Existências...

Esta generosidade preenche a razão e esvazia as dúvidas. Desta generosidade é o que se traduz em palavras, uma realidade que se intensifica com a prática e, evidência a proximidade com a verdade humana.

A generosidade não apazigua as nossas feridas, ela faz questionar a existência real delas. Ela nos ajuda a saborearmos a refeição, compartilhada com o próximo; a entender as necessidades de muitos, a compreender todas as coisas deste mundo.

Entender que são ilusões! ...

Leiamos os corações dos próximos, deciframo-los nas faces que passam diariamente por nós...

Percebendo-os no sorriso discreto.

Nestas indecisões de muitos, no alívio de um sorriso, nos tons de felicidade, nas reflexões das crianças, nas possibilidades da existência, no significado real da Vida, nos horizontes amplos da Fé, no eliminar da cegueira deste mundo consumista....

Compartilhemos decisões! ...

Existamos de fato e atos.... Sejamos puros verdade em essência, compreensivos com todas as coisas...

Paz...

Possível de se ter, Ser.

De compartilhar em existência de Fé e Realidade de Vida.

Caminhemos...

ENTENDER DOS PASSOS

O Jovem e o entender dos passos...

Iniciando a minha caminhada, passo-a-passo; todos importantes em minhas cadências de acontecimentos, em meus momentos de vida. Obtive experiências... descobri a mim mesmo!

Às vezes, esquecendo-me de dizer aos ventos que me tragam lembranças perfumadas, que me ensinem a transitar entre o não, e o sim, ou até mesmo, o talvez.

Talvez quem sabe caminhar entre o bem ou o "tal da vez"; quase sempre eu, o faço ser, a vez! Talvez...

Seja um dia de aprendizado. Um dia, que se compartilha. No tudo que acontece em meio aos silêncios e as reflexões de nossas decisões...

Sei que amar é perigoso demais; além disso, somente se for de menos é que se aumenta o perigo! O Amar...

Caminho, carregando sonhos e soltando-os; apaziguando-os neste meu deixar voar.... Realizar!

Crescendo com os tempos. Sentindo o vento soprar. Conquistando os espaços, semeando realidades...

Tenho a estória sem Tempo das histórias que a Vida me faz caminhar.

Unindo antepassados e descendentes, de sonhos.

Somos certezas, eu e você, nas esculturas com veemências do realizar humano; intuindo educação a ponto de forjarmos uma melhor versão de nós mesmos.

Porque nas janelas do meu Ser, eu mostro o meu coração de herói... Nesta minha Humanidade que clama a sua dor, a dor que se tem; eu e você, que todos têm, mas que se finda, as dores, na certeza da eternidade da Vida...

Seguindo os princípios básicos da Verdade Universal. Que dos lábios trazem o querer, deste pulsar do coração, a união seja o desejo... Acalantos e certezas do alento que faz pulsar a existência e decidir realizações.

Dizer a formosa alma, o rubor que provoca a sua nudez diante de mim, é mera contestação de um fato. É nesta intimidade Espiritual, que ela aprende de mim, de minhas decisões.

Ando de aparências de recordações; voltando-me no Tempo sem matar os minutos seguintes de minhas realizações futuras. Mas levo tudo, desde o verso até as palavras guardadas em Silêncio, dos aromas vividos, para um dia esquecer... de mim.

Esquecer-me-ei de tudo, em algumas vezes, por instantes, mas, nunca dos amores vividos, da confiança dada.

O que fica gravado no afago do tempo, são os cabelos brancos, cor de neves, de todos os Tempos que já tenha um dia vivido ou irei vivê-los. Tatuado estão em minhas digitais de DNA, todas as liberdades emitidas nos sussurros que pronunciei, e pronunciarei.

Experiências...

Vivo intensamente cada palavra de minha página de protagonista de mim mesmo. Existo! Minha vida é um Livro!

Pelos Tempos que não caminhei por aqui e ali, não revelando o amanhã das conquistas, das perdas e dos esquecimentos... Animo-me em Viver mais um dia. Deixando eu, que os meus cabelos se soltassem aos ventos dos quereres e transbordassem nas janelas de minha alma, gotas de verdades, destas minhas palavras que se esforçam, em se esquecerem, dos silêncios que pronunciei...

Aquecendo-me com o meu sorriso, elevo-me nas palavras queimadas dos fatos, nas paredes da minha garganta sufocada pelos atos, na ausência dos dizeres de muitos à minha alma e, das mãos que percorrem as ilusões de outros, criando trilhas inesquecíveis de momentos de felicidade a todos. Nos meus lábios os silêncios se transformam em Palavras! .... Destas, escrevo e descrevo o íntimo que tudo revela. Provisão... Páginas, rastros dos meus passos que provocaram lágrimas de liberdades vividas.

Abri minhas asas e voei, com o vento contra, caminhei nas diferentes rotas do imprevisto, do chegar algum dia ali; percebendo os meus delírios, loucuras, equilíbrios e minhas direções, acalmando a dignidade de minha Fé. Percorrendo em meus encontros, os contornos... encontrando-me em minhas buscas, realizando-me em minhas decisões.

Quando tentando caminhar sem passos para carregar os meus vazios, choro nas esquinas dos Tempos, por querer um dia, encontrar o que busco; porque sei que bem perto sempre esteve e estarão as posses e, posições dos passos no Caminho, deste Caminho que tanto vivo, encontrando tantas feridas, mas as faço sanar.

O sem querer e a maturidade; ambas se constroem entre as vaidades que me deixaram e o contentamento de mim mesmo que eu conquistei, por vencer-me sempre. Domínio próprio!

Sem eu estar cativo dos caprichos do meu coração, assim desejo que, não naufrague o meu viver, em meio a estas minhas paixões. Decisões não são meras escolhas! ...

Sabendo esclarecer as Verdades que sonho, eu cansado de devagar... Vivo os Silêncios em minhas realidades. Decidindo regressar ao sorriso leve emitido pelas notas da canção de minha Vida. Destes sinos que me dizem que, é a minha amada, quem a cuido em sua avidez de cada verdade e por ela sou feliz e pleno, neste momento compartilhando o existir.

As estrelas, ciumentas estão e aguardam um abraço meu, por causa dos brilhos dos olhos da mulher que amo, elas suplicam acalantos... Estrelas. Somos um.

Que a minha esperança me deixe compartilhar a minha respiração mais íntima, entre tantas vozes, de murmúrios que silenciam todas as minhas inquietações. É imperativo que eu me guarde de meus atalhos... vejo O Caminho! .... Destes precipícios de mim mesmo, de todos nós, em que me fazem perder em veredas tortas; Tontas, de tantas provas, que reprovo.... Aprovo por anos de passos! ... Silencio-me diante da Verdade...

Então, peço que os teus silêncios abracem as palavras, todavia não pronunciadas, de encantos de realidades para se viver.

Fale-me, descrevendo todos os segredos... os meus lábios foram saqueados pelas saudades, de todos estes meus intentos, e tantos outros desejos de descobertas, revelações únicas...

Minha Humanidade chora nestas procuras e encontros, além dos contornos. Mas, é de felicidade plena, que percebo a eternidade!

Vertendo estes quereres de pausas que eu provoco; atormentadas à continuidade da intuição, eu me refaço destes cacos, que se perdem de mim mesmo, o encontro de tudo. Com todos... antes, ao se fundirem na essência das emoções, nestes espelhos de mim mesmo, que os são; O que me acalma, transcende o que transmito. Calma...

Eu clamo conquistas. Para que contemple eu, as linhas finais das páginas que eu escrevo neste meu nascer, até o meu prosseguir ao final, para um novo recomeço que será essencial dê a mim a minha melhor versão de mim mesmo.

Revelo-me intensamente Imortal, tal qual, nas tonalidades que a minha mortalidade humana me permitir... Dia-a-dia.

-_-

CUPIDEZ

Momento 33

O Ancião e a ambição de muitos...

Sem ter uma cultura moral além do curral, nada vale para os tolos. Nem mesmo um silencioso sorriso.

Outrora os livres, tinham passos de decisões, hoje os imediatistas têm passos nesta distância, prisões dogmáticas, destas quiçá, que brindam éticas compensatórias e códigos morais mais reajustados aos seus novos interesses, neste prosseguir, caminham os tolos. Por onde andam os sábios?..

Perdoamos as crianças pelo medo que elas sentem do escuro; mortifiquemo-nos quando os adultos em suas tragédias, sentirem medo da luz, desta que tudo revela.... Revelando o íntimo... de nossas ganâncias, vaidade das vaidades. Sombras...

Não tenhamos medo da Vida, mas sim das consequências de nossos atos nela. Pura Verdade, que devemos reflexionar! ...

Ter fortes razões e casos desprovidos de fortes ações, induz aos lamentos de muitos, ecos de sua fraqueza de alma e abandono consciente do Espírito.

A vida é um todo indivisível...

Temos as nossas Facetas Humanas, e o todo é imperativo e bem orquestrado. Este é o Ciclo de Vida...

Em muitas vezes, as nossas hipocrisias religiosas engrandecem os vícios das virtudes, para silenciar as tormentas da alma de um e de todos. Ladainhas! ...

Os argumentos dogmáticos são correntes que em seus artifícios de interesses que têm, usam para se achegarem mais próximo a nós. Ás desculpas viciantes destes, estão provindas de nossas irreflexões e ou justificações...

A humanidade viciada em seus prazeres; amam mais o Corpo do que as virtudes da Alma e do Espírito. Vivendo uma vida sem desafios que valorizem o Ser em vez do ter. Estão cegos pela escuridão, não veem a Luz.

As vicissitudes da Vida não nos obrigam a impor uma exagerada Serenidade, mas ter sim, em nós, o controle dela; para se fazer valer nos momentos mais difíceis da convivência, conosco mesmo e, com os outros; um triunfo. Porque, nesta ilusão da existência, o perigo e os prazeres andam de mãos dadas.

Viva uma Vida no estilo que, projete o que se quer viver, por toda a eternidade, até quando esta durar. Acredite! As possibilidades são radiantes e propensas a se concretizarem. Teus pensamentos geram palavras, e nos Silêncios surgem os fatos e atos. Energias provindas da conscientização da realidade movidas pela reflexão; do conhecer a si mesmo!

Tenhamos sonhos, não para vivê-los como se fossem uma peça de teatro, mas para executá-los aonde não se permite ensaios... em nossa existência!

Não importa o chorar ou sorrir. Dancemos! A questão é a intensidade destas verdades em nós, porque não precisamos de aplausos para ser o que somos.

Somos os autores de nossa existência e nem sempre os protagonistas; isso é um erro.

No palco de Vida, temos os nossos desejos, efetivações e contemplações...

Os aplausos.... Bem, estes são somente para os atores de obras imprecisas da sobrevivência! Destes que mendigam em suas existências, as razões de outros. Buscam aprovações por percorrerem atalhos...

Tenhamos fé em nossos passos, o otimismo prático das realizações e a independência das consequências destes. Caminhemos sem pecado, sem culpas! Livres em nossa essência.

A sabedoria que se nos dá razão destas consequências, de nossas decisões, servem tanto para prevê-las, quanto para em alguns casos, evitá-las, nos acalmando a Vida, dando-nos perspectivas em nossas existências.

Acalmemo-nos o Espírito e arejemos a alma, fortificando o físico; tudo isto se dá através de um sorriso sincero diante da consciência de nossa realidade, da realidade. Este saber é o maior segredo já antes desvelado. Sorriamos todos! ...

Não levemos a existência muito a sério, sorriamos, temos vida! As conquistas não nascem na ambição de algo, ela repousa e pulsa o seu nascer, na percepção do compartilhar.

Quando mesquinhos de sonhos, nos tornamos à mingua de felicidades.

Conservemo-nos serenos. Tudo é possível, menos para os secos de esperanças, causticados pelos raios da dúvida. Todavia, diante do sol, há uma perspectiva de sorriso.

Valoremos os relacionamentos, nos preocupemos em compartilhar felicidades e animemo-nos em sermos sempre, nós mesmos.

As existências são pinceladas, na obra prima que é a nossa Vida!

Desfrutemo-la! ...

--

PROCESSOS DE CRESCIMENTO

O Jovem e o **Ancião** crescem...

- Deveríamos como indivíduos inseridos em nossa sociedade, praticarmos mais a meditação, analisando completamente tudo o que nos é apresentado. Este é um excelente argumento que trago em minha Juventude.

Formemos por nós mesmos, a concepção real das Verdades que praticamos e, as que compartilhamos. Evitando assim, as baladas tristes das horas que já morreram; estas sem serem regadas pelas verdades das alegrias, destas que teimam em sonhar e realizar de fato... Atos imprecisos das recordações do passado que já passou...

Tenho eu, tantos choros em minhas recordações, neste meu coração, despedaçado por instantes aporrinhados, que já não me permitiam recordar dos meus desejos para os meus "futuros" a serem realizados. Mesmo carregando na alma, as dores das flores do mundo, que se lançam ao mar dos meus esquecimentos; teimo em dizer saudades, somente para contemplá-las, nada mais; e assim conhecer-me melhor.

Nada mais, aos demais, são os muitos mais que eu não perdoo, em muitas vezes, por menos, querem outros me condenar. Condenam-me por suas visões destorcidas, enfeitiçadas por seus dogmas. Desaprovam por eu viver a liberdade responsável de amar sem medidas.... Por menos, fico em Silêncio para apreciar o Tempo que se vai. Medito e aprendo a perdoar.

-_-

- Sim jovem amigo, estes são os processos de crescimento que vivemos; muito mais amando nestes e em outros, menos sentindo. Algumas vezes, positivo, outras vezes, negativo. A fé floresce esperanças em terras áridas, e este é o milagre de Ser; Sermos Espirituais em uma experiência humana.

Espirituais são aqueles que vivem por querer; querer sempre ser o emissário dos passos presentes e nunca dos ausentes.

Humano é o executor de seus próprios passos. Destes passos que se arrastam, por um querer soltar-se pela manhã, em mais uma aventura de encontros em intimidade do Ser. Revitalizando-se no sono e nos sonhos.

Neste calor do sol dos sentimentos, que vejo o sorriso da esperança de ontem, concretizando-se amanhã pela tardinha, sem tardança percorro os meus passos.

Ecoando dos gritos dos sábios, de caminhos velozes com os ventos impetuosos das realizações, eu os escuto... desenhando momentos e esperando assim fazer o acontecer; ser o agora! Realizar! ...

-_-

- Então meu amigo Ancião, devemos mergulhar na estrada novamente, sendo de novo os autores de tudo, mais não de todos.

Assim caminhamos, nestes que são os nossos caminhos de construção.

Caminhos dos poetas que vislumbram encontros. Destes tantos sons que emitimos em nosso peito ofegante de tantas paixões, alívio por querer existir; existindo diante do nosso Criador, de nossa família, diante de nós mesmos....

Prossigamos em nossos passos.

-_-

- Assim, caminhemos jovem amigo, sabendo dos passos que demos, percorrendo a felicidade por decisão, sempre com alegria em nossos corações; apesar dos pesares....

De dores e alegrias, vivemos a nossa existência.

Alucinando-nos ao compormos os tons da existência, esta que é a alegria que emana da alma, sendo sonhos sonhados por nós, não por um único ser, mas forjado no compartilhar de fatos vividos pela humanidade. Humanos que somos.

Ousadamente nós emanamos as nossas verdades em nossos passos; lentamente nas pressas dos outros, deixando pegadas aqui e acolá. Revelações!

Desvendemos os mistérios do saber sentir, decompondo o Tempo, estando paralelo à razão e com carinhos de vozes sussurradas em palavras compreendidas por existências, às vezes, tão confusas e simples, como a minha e a sua, soltamos os nossos passos, abrimos as nossas asas espirituais e voando ao encontro... de nós mesmos e do outro.

Almas mesmo repletas de corações partidos, derrotadas nas estradas; estas nunca em passos perdidos, estas prosseguem. Reivindicam existir, não por meio do apelo, mas sim, por meio dos esforços das realizações.

Comemoremos, dançando sem passos coordenados, mesmo às vezes, solitários, querendo mais, muito mais, de passos, dos meus passos, dos teus, de todos, ou quase de todos; pois, a realidade vivida não nos permite cometer o deslize de generalizar...

Mas, você, tanto como eu, encontramo-nos conscientes de um, com o outro...

Dancemos felizes da Vida! Escutemos a música; cantemos as palavras que traz alegria as nossas existências.

De certo que adoramos pensar ao lado de quem nos ama; e que amamos; tudo tem-se base na confiança recíproca; mesmo estando distante da realidade que acolhemos em nossas recordações e desejos...

Estas alegrias e forças, surgem do íntimo do Ser, para celebrar a presença deste poder, que a Espiritualidade da Autoridade de Ser.

Satisfaçamos os momentos, desistindo de colecionar instantes, e percorramos os acontecimentos, agarrando a esperança de guardar todos os segundos dentro da presença de todos os mistérios.

-_-

- Sim! Percebo que em nossas diferenças de juventudes, ardentes opostos nós somos, eu um **Jovem** aprendiz e tu, um **Ancião** que aprende; nós desdenhamos os que os outros pensam. Isto é puramente saudável para todos, para nós e principalmente para eles, para dar-lhes uma chance, por assim dizer... de viverem as suas vidas e não as nossas!

Perguntam-me os desavisados e desocupados, se tenho Fé, apesar de meus dias? Então, digo-lhes que, deem-me uma fé que não dependa de suas interpretações e ações. Que não suporte todos os ais, destes religiosos institucionais que podem emitir vazios. Desta Fé aparente que traz o descontentamento de uma presa que se vai, do que eles mais sentem em seus medos. Eles trazem a nós, somente razão, não a Fé. A Fé é a certeza inabalável no momento, no agora!

Sim! Eu vivo momentos. Sim! Eu tenho Fé!

Em minhas solidões compartilhadas, esta será a minha Fé; o meu tempo de Amar, de caminhar bem longe de mim mesmo, deste meu ego, nunca do meu íntimo, a todo o momento, prossigo. Destas, são razões que confundem os sentimentos e que, explodem em mim, cheias, às vezes, de lamentos e verdades que vivo...

Persisto, existo; realizo um querer estar plenamente em meu ser, sei lá aonde, em meu passo jovem, eu caminho, aprendendo de minha Fé.

Dos disparates das conquistas, as mais absurdas requerem um Tempo de desperdício involuntário ou otário. São estes preguiçosos outros que, conquistam por direito de viver à míngua, o meu legado de súdito do Reino. Parasitas...

Eles fingem saber ótimas perguntas que guardam nos cobertores de desencontros, mas em verdade não podem fazê-las, pois não têm respostas capazes de satisfazê-las.

Humano! Requeira a verdade, ela é a liberdade que está na provisão que está a nossa disposição, do Nome a todos nós. Reinventemos as nossas histórias!

Sejamos criativos com a Sabedoria.

Não nos percamos nos fatos vividos.

Obstinadamente prossigamos, apesar das lágrimas, dos lamentos, das decepções e das alegrias...

Tudo é possível àquele que emana um sincero sorriso!

Vivamos todos, esses processos de crescimentos! ...

Crescimentos diante dos Jovens em suas conclusões e dos Anciãos em suas recordações de adultos.

Sigamos o ciclo de Vida!

-_-

CICATRIZES

O Ancião e as cicatrizes do Tempo...

- Seu nome é um sussurro inebriante de ansiedades dos detentos do Tempo. Momentos...

O momento por enquanto, contempla o sorriso que cicatriza a alma. Tendo-os nos lábios todos os beijos dados, lembranças de lágrimas alegres cultuadas a alma e, de contentamentos dos adormecidos lamentos das saudades, esquecido estão...

Estando caminhando, recordo as paredes que deixei de construir e as pontes que desenhei em muitos papeis durante as chuvas. Lamentos! ...

Saudei a mulher, que sempre está sorrindo, mesmo contra as tempestades, que tocam as janelas de sua e, de nossa existência.

Parto quando há nuvens no céu que não conseguem sorrir e, debruço nos instantes; provocando lágrimas que precipitam em mim mesmo, apesar do medo, de talvez, não tiver eu, o amanhã de manhã. Vejo assim o esperançoso sol de uma Fé brilhar. Eu idealizo, me esforço e conquisto!

O sorriso é mais luminoso do que os pesares; do que as alegrias escondidas por muito tempo nos momentos traçados pelas tristezas das impossibilidades e, das dores de partidas, de conquistas amedrontadas.

Recorde! Temos as lágrimas muito perto do nosso coração. Elas podem ser por tristeza, mas ás minhas são perfeitamente de alegrias! As das tristezas deixei-as no passado de minhas recordações e as de alegrias, estas, carrego em meu presente e uso-as para semear os campos de meu futuro.

Tenho momentos de tentar simplesmente sorrir; diante dos olhares que maltratam as almas dos sonhadores, de tanto buscar a paz. Olhares da alma que vê em Espírito.

Há sorrisos meus que se perdem nestas bocas sufocadas de esperanças; destes medíocres seres que precisam se esconder em um buraco de poder social, pois são condicionalmente covardes demais para dar as costas ás suas mentiras. Distancio-me destes vendedores de ilusões. Mas, os alcanço em minhas orações e perdões.

O pior instante de um covarde é sentir saudades de pessoas que estão caminhando ao seu lado, e estes não lhe podem tocar e nem compartilhar nada. Sempre é uma questão de decisão de cada um. Mas, a maioria somente sabe escolher e não decidir. Decido ser perfeito, destemido, valente, guerreiro e vitorioso. A minha essência é única, nesta Unidade eterna.

Sempre haverá atalhos que estão para se confundem com os parcos conhecimentos e, insistem em alardear como sendo sabedoria, eu escuto seus instantes, mas não os ouço os seus momentos.

O silêncio que provoco me ensina muito mais!

Os conhecimentos dos covardes lhe fazem ganhar algo para sobreviver; mas se tivessem sabedoria pura, construiriam as pontes para conviver e compartilhar.

Neste princípio de Vida, aprenderiam muito mais, pois quem sabe servir, aprende muito mais, do que, somente existir mendigando a frieza da escuridão.

Nestes contornos existências teriam estes como conhecer os verdadeiros amigos e passar pelo sucesso e pela desgraça em boa cooperação. O sucesso é permanente e a desgraça aparente. Saí da ilusão!

Têm pessoas que somente conseguem ver o sucesso aparente e não real. Somente contemplam o temporal e ilusório.

Verifico a quantidade de pessoas que alugam ou compram por suas atenções, nesta utopia conquistada. Como também têm pessoas que fazem de sua desgraça aparente, uma forma de ter poder sobre as outras.

Tudo é uma miragem sem foco!

Tenhamos respostas brandas aos covardes, estas desviarão a zanga deles e viveremos em paz.

Distância saudável é mais do que recomendável...

Prudência!

-_-

ALQUIMISTAS DA EXISTÊNCIA

O Jovem e o **ancião** – Os alquimistas estão chegando...

Por todas as eras, muitos alquimistas da existência, quiseram medir à distância entre a Verdade sentida e o silêncio que traz sabedoria, mas somente conseguiram um substrato sem retoque, desta realidade que se vive, nos abraços dos corações que sabem falar baixinho, sem terem a alma aflita. Havia um abismo de ignorância entre a existência aparente e a vida real. Já não a há! ...

Estes alquimistas tocando as palavras dos dias e das noites; reconheceram a causa do coração que bate na saudade instalada, dos aborrecimentos e tristezas que apagam com o tempo as recordações vividas. De caminhos escondidos nas palavras emitidas pela boca sedenta de aventuras, sondam os devaneios do coração alheio. A existência carece de vida. Vida plena! ...

Estes Alquimistas da existência caminham no mundo, comunicando a doçura da vida, dos desafios dos muros escalados em uma larga caminhada. Conquistam o paraíso interior. Colocando luzes no coração, desviando a escuridão do ego que clama, por levantar voo de esperanças em um dia ensolarado. Estes caminhantes que são semelhantes dizem dos brilhos dos olhos, da textura da pele pela manhã, das tempestades que passam juntos, das calmarias que nos abandonaram nas praias da amizade.

São alquimistas em suas existências, desvelando a vida que é eterna...

Falam-nos em sonhos, dos abraços confortantes e seguros, de amantes que decidem ser um. E entre os olhos e o coração de cada um, de todos nós, eles emanam o poder de contemplar as estrelas que imaginamos poder tocar. A Imaginação construtiva traz felicidade!

Eles confiam em nós, humanidade cruenta, como realmente somos nesta aparente ilusão. Guiados pelos ventos impetuosos da forma, prosseguimos. Estamos alegres, nós caminhamos por sermos somente o que somos. Em nossos muitos passos e de poucos tempos, em muitos tempos revelamos, somos seres de vida Espiritual tendo a experiência da existência humana...

Com o coração guerreiro que se entrega a batalha com sorriso farto, as nossas mãos seguram o pulsar da alegria de viver; com os tons e cores da paz.

Sorrimos em Gratidão a Vida!

Em nossos momentos de partidas, confiamos no regresso da ida, das vontades de querer ir ou que precisam ficar; no que partiu. Partiu-se.... Por um tempo.

Depois das voltas de todos os tempos; estas marcas, nós carregamos em nosso íntimo, pelo caminho de nossas existências. Vida plena e eterna. Ofícios! ...

Desde jovem, encontramos vidas que voam alto a procura de belezas nunca antes sonhadas e, de quedas leves das realidades que construímos, muitas vezes, somente para nós.

A maioria sabe sonhar com muitos e vivem com poucos... Inverteram a Verdade.

Do momento do fim, até o descanso e alívio do passado, prosseguimos em nossa alquimia existencial desfrutando da irradiante luz que é a vida plena. Deixamos as tristezas acorrentadas atrás do sol, em um sorriso que emitimos. Brilhamos apesar da dor... Permanecendo a luz se vai tocando às sombras!

Encontremos o que nos incumbe descobrir de nós mesmo. Nossas verdades e mentiras. Verdades eternas e mentiras temporais. A resiliência está na verdade eterna.

Resistimos ao choque da matéria – Ilusão. Recuperamos a essência, a concepção original. Exercemos a habilidade de nos adaptarmos com facilidade às intemperes da existência, sem deixar de viver plenamente.

Nossas fraquezas e nossas forças, sempre serão uma questão de decisão. Ser ou estar, eis a questão! ...

A Alquimia do olhar, inicia-se com um sorriso no íntimo da alma, ao centro do Espírito! ...

É imprescindível que sejamos felizes.

IMPRESCINDÍVEL

O Jovem desenha o imprescindível...

Muitas luas já se passaram, mas somente os brilhos guardados, ficaram nas minhas lembranças. Foram outros os que amando mais do que a si mesmos, deixaram de lado todos os seus medos, todas as suas lágrimas molhadas pelo caminho, e semearam os futuros existenciais daqueles que gritam mais forte do que todos. Deixando marcas em meus sonhos, os quais eu irei sonhar.

Os meus passos de antes, nunca mais serão novamente vividos, mas de minhas asas agitadas, sentirei os ventos da fé, que não se extinguirão com as espadas. As más palavras e as terríveis atitudes nunca me vencerão. Nem as minhas e nem as dos outros, meus irmãos. Somos Filhos e Filhas do Nome!

Crer é muito mais forte do que simplesmente o saber. Falemos de geração a geração, o nunca que não se abandona em nossa boca; permitindo eu, que se descubram as páginas do Tempo, em minha vida diante do Criador de todas as existências. Minha Vida é eterna. Acesso a minha espiritualidade, que escondida por vezes fica entre as flores que choram e, as lágrimas que não pude soltar. Assim me expresso em prece, aprendendo a meditar e exercitar vida em minha existência.

Imaginação! ...

O silêncio dos sábios destila o saber e, os tolos derramam de suas bocas à astúcia das informações passageiras. Estes tolos se enchem de palavras da ilusão e criam mundos inexistentes. Lamento o ocorrido, mas tudo é uma questão de decisão. Decido viver!

Os insensatos desprezam a correção dos seus maus passos pelos sábios, estes tolos andam de lábios confundidos, de corações errantes. Não vivem em disciplina pelo Caminho, aborrecem a repreensão, escarnecem os que lhes ajudam. Mas os guerreiros sabem que, o que aformoseia o rosto é o coração alegre.

Decido sorrir, para que o meu sorriso seja Luz, para estes que, existem em trevas. Vivo! ...

São estas alegrias de coração que, nos arremetem a buscar à sabedoria, sem as astúcias dos tolos. A sabedoria está em nosso interior. Este é o Reino.

Em todos os meus dias, desfruto de um banquete de Espírito, sem as inquietações dos desafortunados, que buscam o ter, nesta tremenda ilusão de poder. Apaixono-me pelo Silêncio, que me diz tantas sabedorias. Vivo Serenamente e Feliz! ...

Os exasperados que se perderam pelo caminho e, entrelaçaram os seus passos com as dúvidas de suas culpas, suscitam as contendas para justificarem de seus erros. Mas, eu tenho as sementes dos caminhantes que me dão e, darão sempre bons frutos. Cuido o semear. Medito com as raízes, vislumbro o tronco, sou o fruto.

São-lhes, dos sábios, deleitosos os gestos de seus Filhos e Filhas. Antes dos conselhos, a meditação das palavras de sabedoria se faz prudente.

Ponderemos! ...

Os sábios perguntam para os seus discípulos:

- Pensam os peixes? Como os peixes pensam?

E os seus sábios discípulos em uníssono respondem: - Nada, em NADA!

Nadam! ...

Nada é preciso; viver feliz, sim, é imprescindível!

-_-

SENSATEZ

Momento 38

O Ancião e a sensatez...

Estar vivo é uma garantia de que poderemos morrer a qualquer momento, neste aparente mundo, para a ilusão. Mas, abrindo as nossas asas das percepções, saberemos da eternidade que já temos, e, desfrutaremos o agora das realidades.

Tenhamos misericórdia de nossas discórdias.

Nunca prometa: - O nunca, o sozinho ficar, a voz calar por não ter ouvidos para escutar, a alma compartilhar pesadelos para esquecer, sorrisos para marcar o vazio da alma. Nunca... nunca, não é vida, e nem boa existência!

Caminhemos, nos esforçando sem nos importar com o Tempo. Derrubemos os altares das memórias de todos os pecados, esmaguemo-las todas com o nosso perdão; Perdão que não se merece, mas que desesperadamente se necessita doar...

Necessitamos todos! Que caímos pelos golpes que levamos de nós mesmos e, indefesos estamos na estrada errada, somente encontramos o mau que nos têm encontrado. Direcionemos os nossos passos, busquemos a sabedoria em nosso interior. Sim! Ele está lá... aqui! ...

Este é o saber, que está disponível para todo

o ser vivente e, principalmente, está intimamente no humano.

Saboreemos de todas as velhas falhas que nos unem, de todas as libertações possíveis; e sintamos a Paz da Verdade, que nos liberta, de nós mesmos...

Nestes abrigos das palavras que conhecemos e que usamos em perdas de nós mesmos, busquemos em oração; nestas palavras do conhecer íntimo, pedindo redenção de nós mesmos... Prece sábia! ...

Corrompidos e sobrecarregados de ilusões caminhamos e, liberamo-nos das pesadas importâncias, em nossos passos em lágrimas de amor, encontramo-nos não mais solitários. Simplesmente caminhemos para sermos o que somos; Semelhantes! ...

Longe buscamos em oração, em nosso Ser, o que traz de íntimo, revelando a paz. Nesta jornada que chamamos de Vida.

Temos Luzes em nossos olhos, em nossos corações de boas novas, em nossos lábios feridos. Os nossos ouvidos escutam advertências pelo Caminho e, encontramos as moradas dos sábios em todos os momentos, de passos, de buscas e, encontros em nosso íntimo.

Adiante de nossas honrosas insígnias, se apresentam a humildade do Espírito. Ele nos ensina.

A beleza da força é o alimento para a nossa quietude. A sabedoria não é coerciva. A sensatez de nossa jornada nos adverte do perigo da ilusão e, das maravilhas de uma existência repleta de Vida. Decisões! ...

Quem provoca o nosso Rei, arrisca a sua existência e mancha a sua Vida com pesadas culpas destas ilusões.

Tenhamos amizades eternas, cultivemo-las com respostas sinceras, mesmo para as perguntas titubeantes.

A eternidades tem seus laços! ...

Cuidemo-nos para não sofrer com as testemunhas falsas. A ignorância traz as suas algemas.

Planejemos bem as nossas batalhas, e ouçamos os conselhos, daqueles que, retornaram das suas próprias.

Aprender para poder ensinar. Sabedoria! ...

Livremo-nos das angustias, com a nossa honestidade de atos e, cuidemos assim de nossas palavras de fato.

Tenhamos a sensatez em nossos passos!

Em nossos silêncios...

-_-

CONSTRUÇÕES

O Jovem e as construções de sonhos reais...

- Eliminei os meus pesadelos e construí sonhos.

Não zombei daqueles que têm a zanga como razão. Não resmunguei e não me queixei; O deserto não lhes deixará nunca assim... Sozinhos. Nunca se está sozinho, para estes, as nossas preces, são como sorrisos...

Eduquei-me no Caminho. Devo a vida ao Pai e a existência a Mãe e, a construção de mim mesmo, com a minha amada e a nossa semente. As descobertas dos meus limites, a minha essência que me expande. Iluminou-me!

Que seja eu, sábio em minha maneira de viver. Simplicidade é uma boa forma de se andar pelo caminho!

Sei que os falsos sempre dizem que está muito caro algo que querem que o outro adquira, e convencendo o outro; sai este, gabando-se de que fizera um ótimo negócio. Enganou-o por lucro. Penso que viver da usurpação do outro, trar-lhe-á a morte mais rápida. Os Mercenários da Fé, estes já sabem muito bem disto! ... suplicam ganhos e cobram ilusões...

Faço o que é direito e justo, mesmo com sacrifício. Dou aos meus Pais o prazer de terem me gerado e à Família que constituí a alegria do compartilhar.

Falo com conhecimento e não com palavras tolas.

Eu mando embora a pessoa orgulhosa, pois os desentendimentos que ela me traria, seriam muito sérios, além das discussões enfadonhas e os xingamentos por não me poder arrastar ao seu mau, estes carregam displicências. Oro a distância, geralmente é mais seguro. Efetivamente, estas preces me dão Paz!

Respeite às autoridades e despreze os que vivem por poder. Não compartilhe os seus passos com pessoas que bebem e comem demais; se elas não têm controle sobre si, o que farão descontroladamente contigo? Tenha cuidado em sua existência. Viva a simplicidade com moderação! ...

Somente se deve formar a sua família, quanto tiver verdadeiramente recursos, para cuidar de uma família nova, além do cuidado que terás com os seus pais.

É certo que temos todas as provisões que necessitamos e necessitaremos, o que digo é que, se aprendermos antes de gerenciar os recursos disponíveis, toda a Família recém-constituída também o fará.

O exemplo é o melhor caminho!

Sei também que, ter caráter é poder corrigir as crianças em excelência de vida, para que estas saibam reconhecer o limite através do respeito, e que esta correção é o princípio de Sabedoria. Mas, se empenhes em orientar, para não ter que as corrigir mais tarde. Cada qual desenha a sua existência, conforme as decisões que tomam.

Um ato consciente é princípio de Sabedoria eterna!

Cuidado!

Não tenha amizades com pessoas grosseiras e violentas, estas trarão desgraça a sua existência, e a sua herança. Não perca Tempo com os tolos! Afaste-se delas, silenciosamente, e em momento íntimo, fale com Ele a respeito delas. Preces! ...

Quando arejo as ideias assentado em um banco de jardim, feito de partes de uma árvore outrora centenária; percebo as mudanças que o tempo me dá, estando assinaladas nas oportunidades de sentir, realizar e ser.

Tudo se transforma; resguarde à força interior que tem e a essência de tudo que é, saiba o que vale a sua vida!

Às vezes, quero mudar o outro... mas sei que ninguém muda ninguém, somente facilito as oportunidades para o outro se reestruturar naquilo que ele assim decidir fazê-lo. Reinventando a sua história, seus passos... decidindo existir em vida e não somente sobreviver em existência.

A existência tem seus limites, mas a Vida... A Vida é plena, é eterna.

De vez em quando, os meus argumentos são, simples desculpas para a minha inércia, diante das mudanças, que se fazem necessárias.

Ando aos trancos e barrancos. Tranco a busca e encontro barrancos. Enfim, para que não me acidente, tenho que voar para o meu interior. Os meus passos são desacelerados, já tive pressa de ficar... Passo-a-passo pelo Caminho encontro mais do que busco. Encontro todas as palavras no Silêncio! ...

Ando por rotas desconhecidas, queimando mapas pré-estabelecidos... Caminhante que sou, sou carente de bússola, de humanidade; Tenho confiança na mudança que provoco, através dos ensinamentos provindos do meu Espírito.

Apesar das imperfeições dos meus passos, eu conquisto!

Apreensivo, eu suspiro intensamente o que se sente a humanidade de existência finita e frágil. Deste revigorar da força por viver mais um momento, aspiro surpresas... Espectador somente não vale, eu tenho que ser o idealizador dos meus passos... Autor de mim mesmo. Isto sim é vida plena!

Sou estranho de mim mesmo, de verdades e mentiras. Sou como os Caminhantes e não apenas sou passante... sigo os meus passos, deixo as minhas pegadas no pó do Caminho. Reconheço-me aprendendo.

Não se mate de trabalhar, porque a riqueza está no convívio com as pessoas, com a Família que amas, com os amigos que lhe foi presenteado. Trabalhe para ter o que compartilhar e nunca para acumular. Sabedoria com responsabilidade é um ato de

Amor.

Não nos revoltemos por causa dos maus, esses têm a revolta em seus corações, por causa da inveja de suas próprias carências. Lamento! Mas, somente posso interferir com os exemplos de minha existência e minhas orações...

Viva a sua Paz e modifique o Mundo; O seu mundo e dos que estão ao seu lado.

Os que ficaram para traz, tiveram apenas escolhas sem frutos. Que você tome decisões de Vida!

Não seja vingativo; confie no Eterno, sempre! Saiba que se fará justiça a ti, a mim e a todos nós.

Não procure ter amizade com os maus. Os Semelhantes se atraem; não se esqueça desta verdade!

Procure respeitar e obedecer às instruções do Eterno de forma prática, todos os dias de sua vida. Sei que errar por surdez espiritual em algumas vezes, é simplesmente aprendizado em sua existência.

Inquiete-se! ... mas, não se perturbe com a estupidez do outro; já tem as suas próprias para evitar.

Aquiete-se! .... Não se estresse com a sua própria estupidez; reinvente-se sem ela. Simples assim.

Não se prenda ás informações, quando a humanidade pratica as suas facetas; na integra, a harmonia se estabelece!

Dos seus livres passos, assim se eleve a sua voz... fale as verdades eternas com o seu sorriso e as suas declarações de Gratidão. Seja intensamente agradecido pela Vida! A sua sabedoria se constrói com as suas experiências, de conhecimentos de fatos vividos e não atos passados.

Vire às páginas de sua existência e, construa a sua própria história, dia-a-dia.

Corrigindo em particular e elogiando em público, estes são os atos mais sensatos referentes aos processos de relacionamento que se aprende.

Sei que as ideias são sementes, então as enterre em seu íntimo para que possam morrer; todas elas passarão a germinar e dar frutos pela vontade do nosso Senhor e a sua. Execute! Pense, pondere e realize!

Muitas vezes, a minha solidão me dá terra árida, sem as manhãs com orvalhos para compartilhar, e sem nuvens no céu para desenhar os meus desejos e sonhos... então, reúno todas as minhas forças para gritar em meus Silêncios, que me diz que eu não estou só. Sou Um com O Todo. A minha Unicidade faz parte da Unidade. Vivo!

Desmistifico assim o meu heroísmo, sem deixar de ser o humano herói que sou.

Vivo e não sobrevivo! Simples assim.

Revelo a minha fragilidade, sem envergonhar a minha família e as pessoas amigas que compartilham de minha existência.

Sou herói em minhas oportunidades, descubro-me vivendo intensamente a força que há em meu interior...

Verto assim, as minhas lágrimas, mas sei que

por causa delas a minha solidariedade não será pequena. Descubro que venci, então aprendo e tenho o que compartilhar.

Vivo intensamente o Ser que construí em mim mesmo! A minha existência é uma cocha de retalhos que criei efetivamente em aprendizados de meus passos e dos outros. Dos outros, eu observo. Dos meus passos, eu os vivencio!

Com a força de minhas verdades e a fragilidade de minhas mentiras, vou aprendendo a ser mais eu e menos eles.

A minha natureza é perfeita, pura, feliz e eterna...já não tenho carências de nada. Sou Um com O Todo!

Já não tenho medo de meus momentos de reflexão!

-_-

TEMPORARIEDADES

Momento 40

O Ancião, fala do provisório e do eterno...

- Caminhemos pela realidade que vivemos realmente. Descubramos que a ética e os valores universais estão amordaçados pelo medo. Libertemo-nos disto.

A Paz sem voz é, o medo que reina na alma daqueles que, não se descobriram humanos e mortais em suas existências e, espirituais e imortais em suas Vidas. Em Vida.

Nós não perdemos a nossa imortalidade por causa dos outros, nós a conquistamos por nós mesmos, sendo simplesmente o que somos.... Humanos mortais e resgatados por Amor à eternidade.

Vivamos o que somos; Somos Semelhantes. Semelhantes a Ele. Sua imagem, não simplesmente um reflexo trincado! ...

Não tire vantagem do pobre só porque ele é pobre; Ele é pobre financeiramente porque a sociedade que alimentamos o deixa à míngua, e veste-o de ilusões. Não se aproveite daqueles que não têm aparentemente quem os defendam no tribunal da vida; O nosso juiz, o juiz de todos, é o doador da vida, vida de todos, saiba disto.

Cuide dos seus atos e Ele cuida da justiça dos

fatos.

Saibam que nos caminhos dos maus; existem armadilhas e dificuldades para que estes vejam em suas jornadas, as consequências dos seus erros.

Como tal, é na vida dos bons, que também existem armadilhas e dificuldades que passam; e estes percebem a Ilusão de tudo isto.

Isto acontece para que vejamos as consequências dos atos. Esta é a sabedoria inscrita no Universo.

Os maus, dão valor à sua própria existência, menosprezando os outros; afaste-se deles e alcance-os em oração. Prudência! ...

O adultério é uma armadilha, onde caem as pessoas que se intitulam livres e, estas foram presas para sempre nas garras da culpa do seu ego, de frágil demência pela ilusão.... Traindo o amor, não se poderá construir e nem tão pouco cultivar a confiança. Redimir-se é uma possibilidade...

As boas atitudes valem mais do que ter simplesmente o nome lustrado por ganâncias. Que sejamos estimados pelo que realmente somos; isso sim é riqueza!

O culpado segue os seus caminhos errados, amontoando entulhos de desculpas e justificações, sem solução aparente aos seus erros. Mas o inocente faz o que é direito, dorme tranquilo e constrói com solidez tudo aquilo que os seus passos firmaram. Sonhos bem sonhados, idealizados, empenhados e conquistados!

O humano que toma as condutas corretas por decisão de caráter, tem a confiança em si mesmo; mas, as pessoas más, somente fingem que as têm; tanto as decisões quanto o caráter.

Aqueles que decidem ter condutas corretas são livres para viver.

O humano sensato tem o suficiente para viver na riqueza e na fartura, nas dificuldades e escassez temporária; mas, o insensato não tem nada, gastando tudo o que ganha, para mostrar que tem o que não tem. – Este necessita de Paz!

O enganador preguiçoso, não se esforça em trabalhar a sua terra de conquistas e, recebe as pagas áridas da sociedade ajuizada. Satisfaz-se com as ilusões da existência e menospreza a sabedoria da vida que é eterna.

Bem feito! ... é a expressividade do aparente.

Lamentações e correções em oração é a expressividade da realidade. Atos de vida!

-_-

PROFUNDIDADES

O Jovem e o **Ancião** meditam...

- A meta alcançada não é uma opção de sorte. É uma questão de decisões, de atitudes, para conquistar o que se almejou. É trabalho árduo. Eu sei desta verdade em todos os meus vastos anos. Não é algo pelo que se espera, mas algo a sonhar, desejar e estipular para que se alcance. Sou **Ancião**, já vivo em vitórias eternas.

Eu posso escolher o que semear, mas sou obrigado a colher aquilo que eu plantei; portanto a sorte não é devida as escolhas, mas sim as decisões tomadas. Decido semear bons frutos, então, os colho.

Mesmo se sonho simplesmente com algo a alcançar, devo tomar a decisão de concretizar. Medito primeiro, vislumbro os passos e, colho o que plantei, cuidei. Quem Ama cuida!

Eu sei desta Verdade em meus passos. Para que eu saiba esperar, as sementes certas que eu plantei, o Tempo abrirá ás recompensas diante dos meus passos. Mas, não fico como expectador somente, esperando a semente romper o solo. Sou eu o autor desta decisão, portanto, comtemplo de forma efetiva em ação de gratidão. Gratidão a Ele pelo meu esforço.

Ter eu a confiança na situação, isto é coisa

muito boa; mas, ter o controle desta realidade é ainda muito melhor. -_-

- Eu sendo **jovem** sei que, os caminhantes têm força de vida, e esta força não provém da capacidade física e sim de uma vontade existencial indomável, plena para com a verdade.

A minha flexibilidade social é a minha força. Em meu aprendizado mais difícil, mantive o movimento de meus passos permanentemente, com renovação de alma, com vigor de Espírito, vivendo as mudanças que o Caminho me propunha. Tranquilidade eu tive para existir em meus passos!

-_-

- Assim caminhamos meu jovem amigo. Saiba que alguns pensam que a fome é o melhor tempero, mas nada é melhor que uma mesa farta, sem falta do que temperar. Os alimentos da Alma e do corpo fortalecem o Espírito. Em nosso banquete de vida, a ética e os códigos morais são os excelentes temperos nobres que dispomos em nossa existência.

-_-

- Meu caro ancião, somos pensadores livres, e não atores de realidades sociais outras. Isto sabemos e praticamos em nossas existências! ...

Durmo cedo e levanto-me cedo, com certeza me fará um ser humano mais saudáveis, rico e sábio. Sendo nós, Seres Espirituais, está é a vida que possuímos, mas estamos nesta existência humana. Todo o cuidado é pouco, a gentileza se deve compartilhar com sabedoria e em abundância. Sou feliz em compartilhar meus passos contigo. Aprendo!

-_-

- Feliz é o teu aprendizado meu jovem amigo; estas preocupações não nos livram de seus dissabores do amanhã, e nem, dos fatos tristes de hoje. Mas nos dá profundidade humana em nosso agir. Descobrimos o nosso Espírito e nos revestimos de Gentileza e Gratidão!

Não descuidemos de nossas palavras proferidas, assim como o tempo que empregamos em dizê-las. Não recuperamos o descuido; ocupamo-nos de outros tempos para consertá-los.

Sigamos em frente, semeando, colhendo e compartilhando atos de bondade de forma consciente. Mesmo sabendo que a essência é importante, não podemos nos esquecer de que a forma traduz a essência.

Lembremos que as palavras estão ligadas aos processos rápidos e temporais; enquanto que, as atitudes nossas, estão ligadas aos processos inesquecíveis, eternos.

Tenhamos sempre presente à diferença do bem e do mau. O bem existe por criação e o mau por abuso de nossas ilusões.

Conscientemente estejamos alerta que o "mau" cresce do descuido do bem, é o bem pode diminuir o mau, até mesmo extingui-lo, já que o "mau" é ilusão e o bem é real. Mas, quando nos deixamos adormecer espiritualmente, pela inércia de nosso posicionamento, em ética e códigos morais, nesta nossa existência de formas e limitações, acontece à passividade que confunde o bem com o mau; ou toma o mau por bem e o bem por mau; causando confusões mentais e sociais. Desalentos espirituais... Tomando a decisão de reordenar este caos aparente, mergulhemos em nosso íntimo.

Descubramos a diferença entre a existência temporal e a Vida eterna. Possuamos as duas, neste Agora. Infelizmente a maioria se deixa possuir por uma delas, que é a ilusão da existência aparente, fazendo de suas aparentes decisões, escolhas de morte.

Quando nos inundamos desta sabedoria e iniciamos as nossas tomadas de decisões com base a está verdade – de que Somos Seres Espirituais (Eternos) vivendo a experiência em existência humana (Temporal), já podemos usufruir da vida plena. Eu e Ele, somos um.

Desta verdade, vem o perceber do belo, dos brilhos distantes que há nas Estrelas, que vemos e imaginamos e é nesta verdade suprema, que tudo é esclarecido; na qual, a Serenidade, faz morada. Vivificamo-nos nela! Estejamos em preces, porquanto, são elas, os acalantos dos agradecimentos eternos... -_-

OUSADIAS

O Ancião e as ousadias...

- O importante da distância a percorrer pelo Caminho da vida; é ter a certeza sonhada, o ímpeto alinhado à realidade, a chegada como consequência natural dos primeiros passos e dos demais.

Tenhamos felicidades provindas do coração!

O ser humano sábio não tem remorsos por sua aparente inércia. A espera decide caminhos e passos! ...

Quando formos, um dia desses, poeiras levadas ao vento, como folhas secas de outono; seremos um pouco do que nada fomos, incrivelmente especiais do que tudo que desejávamos ser.

Uma vez que, são as nossas vivências em virtudes que entoarão ressonâncias à vida de muitos. De nossa vida, em nossas Sementes...

A imortalidade é o resultado complexo que dá vida aos nossos momentos. Momentos de simplicidade.

Na suavidade dos mistérios que descobrimos por tempos de passos dados, repousamos a sabedoria nos caminhos percorridos por poucos, construímos com prudência o que deixamos para o futuro dos nossos, de outros.

Compartilhamos a vida com muitos, mas escolhemos somente com alguns para com o nosso existir.

Não lamento, tenho a Verdade como princípio.

Ao ritmo das nuvens dos tempos, que desenham os nossos sonhos, decido olhar pausadamente, amadurecendo os resultados, compartilhando em sorrisos fartos as esperanças, sorrindo com liberdade. Sendo feliz por natureza.

Está é a essência que Ele dá a todos nós.

Façamos os atos de generosidade de forma que a pessoa que a recebe nunca a descubra. Ser aquele que compartilha ás dádivas recebidas é se tornar aprendiz eterno da bondade.

Amemos generosamente, tenhamos cuidados profundos, conosco, com os nossos e, com os outros...

Tenhamos sempre a coragem de caminhar, para assim vivermos o tempo de chegada. Mas, tenhamos a nossa atenção sempre no percurso. Isto é muito importante!

Nunca discutamos a causa dos problemas mais de duas horas, arrazoemos as soluções que se dará ao problema. É de soluções que a sociedade prospera!

Nós não podemos nos esconder de nós mesmos, temos a inteligência e a consciência humana como presente dos nossos dias de agora, dadas por Ele; escritas em nosso íntimo.

A Verdade emana nesta simplicidade!

Que os nossos olhos vejam, e que, os nossos

ouvidos ouçam, sempre a verdade, em atos e palavras; nesta ordem.

A caminhada tem mais importância na vida do sábio, do que a chegada. Semeies pelo Caminho o que desejas colher em cada passo. Importantíssimo!

A sabedoria do pai e da mãe, que as possuem, é dita no silêncio de um olhar. Agradeça sempre o receber deste olhar!

A alma livre percebe os passos dados.

Reflexão! ...

A beleza e até mesmo a admiração podem acabar por alguém, mas o amor eterniza tudo, mesmo que somente na memória de um.

Bondade é um princípio e não um fim.

Purifiquemos os nossos corações com a Paz. Tenhamos vida em nossos anos de existência. Com coragem sigamos... na memória somente aquilo de bom que decidimos que exista em nossas lembranças. Atos.

O Sábio conhece bem o que é realmente Fé e Amor.

O Tolo confunde Fé com religião e, Amor com prazeres temporais. Confunde a Vida com o mundo exterior e, a existência com experiências tiradas de outros.

Tecer a melhor versão de si mesmo, demanda esforços, prudência e ponderações!

Mudar requer atitude imperativa!

Passos!

Determinação em viver plenamente em Paz.

-_-

COMPETÊNCIA

Momento 43

O Jovem e o **Ancião** declaram competências...

- Com Sabedoria, Experiência e Competência, todas as pessoas de bem podem conquistar grandes coisas para si e para os seus. Eu vi muito disto acontecendo em meus muitos dias, sou um **Ancião** feliz. Os nossos bons pensamentos a serem realizados nos dá oportunidades únicas de sucesso. As realizações em nossa existência trazem Paz em nosso Espírito.

-_-

- Sim! Imagino, mesmo sendo **jovem**, que sim; então desafio as impossibilidades, conquisto o impossível com determinação e muito, muito trabalho. Isso é muito bom. Excelente! ....

Sigo sempre pelo caminho do sucesso que é a persistência aliada a Sabedoria dos fatos. Tenho entusiasmos em meus dias juvenis...

Realizo-me em minha vida. Compartilho a minha existência com os meus semelhantes, nunca com os desiguais...

-_-

- Assim é meu jovem; A ociosidade escraviza! Tenhamos intensidade em nossos passos; feitos e atos. Tudo que realizamos pode se tornar lembranças... em cada gota diária de contribuição.

Alimente o oceano da oportunidade e compartilhe. O seu esforço conjuntamente com a sua ternura, são princípios do sucesso eterno. Serenidade!

Não são os aviadores que nos ensinam a voar, são os otimistas que realizam seus feitos. Atos de decisão!

-_-

- Então, com o meu sorriso jovem convido a que tenhamos excelentes fins, reinventando a ousadia de mudanças.

Recordo-me que, o mais importante é o piso, pois, é ele que sustenta tudo o que eu estabeleço e comparto. Também sei que as paredes que no início me protegem, também podem se transformar em meu cárcere. Atenção aos passos é primordial.

-_-

- Excelentes passos atrevidos, meu jovem amigo. Amemo-nos uns aos outros como nos foi ensinado.

Dê trabalho para a sua inspiração, se não o fizer, não terás nada para existir e tão pouco para viver. A vida é a somatória de existências... Sempre teremos escolhas, mas nem sempre tomamos as melhores decisões! ... Necessitamos de atenção real para termos as boas decisões.

As orações e as meditações nos dão bons sonhos, realizações e sonos. Tenho por certo de que, raramente a inspiração gera ação, mas bem, a ação gera a inspiração com transpiração, dando-nos condições de decidirmos pela felicidade que nos motiva.

Contemple a tua juventude e vislumbre os teus passos de conquistas e compartilhamentos! Tens o ciclo da existência para depurar a Vida.

-_-

- Sendo jovem, desde os meus primeiros passos, de alguns poucos tempos atrás, percebi que as minhas escolhas são fundamentais e minhas decisões, são vitais; os são para os meus passos e, para as minhas descobertas, para o meu prosseguir no Caminho. Busco semear sabedoria em minhas decisões!

-_-

- Meu jovem companheiro de passos; preparemo-nos para o dia de amanhã, comecemos por hoje. E se ao meditar em sua vida tu como eu, considerar que, a culpa de muitas coisas de que não te foram muito boas, foram o resultado das culpas de outras pessoas; saiba que, a culpa é somente tua; somente minha, por ter permitido que outros controlassem a tua existência, a minha existência. Mas, não turbes o teu coração, tens como princípio de eternidade a ética e os códigos morais para te guiarem e os ajustes são possíveis.

Sendo assim, continue caminhando meu jovem amigo, e somente utilize o conhecimento para te fazer uma melhor pessoa, isso é sabedoria! E se tu somente confias nos teus conhecimentos, o fim do mês te assustará mais do que o fim do mundo. Dê um tempo para ti, conheça-te melhor. Não dependa de ti, mas, não menosprezes a sabedoria universal em teu interior. Compreendas a si mesmo, e desta percepção aprenderas com muita atenção, tudo o que puderes aprender.

Sejamos sábios, esta é a nossa real força. A nossa herança. Que é viver plenamente nossas existências.

Compartamos alegrias e ganharemos o dia!

Vivamos felizes! ... sim! É possível!

Caminhemos com as nossas forças exteriores que são limitadas, mas que podem ser desenvolvidas com a somatória da nossa força interior que é ilimitada.

Somos Seres Espirituais; Imortais nesta nossa humanidade mortal.

Afinal, a vida é eterna.

-_-

ENCONTROS

O Jovem e seus encontros...

- Que a minha Luz tenha talentos para compartilhar, competência de valores para existir, honra de atos para buscar e Verdades de palavras para encontrar a Paz que a vida me dispõe.

Ter esta experiência Espiritual é incrível! Ela provém da atenção para com o outro; esta é a forma mais simples de felicidade que eu conheço.

Que as pessoas despertem a sua consciência Espiritual. Não somente pensem no Senhor, mas que caminhem com Ele. Somos um.

Agradeço sempre, a vida; ela é muito boa e as pessoas também, mesmo que algumas pessoas, todavia não saibam disso ainda, em suas existências...

Nem que a Vida é boa e nem que a sua natureza é boa.

O meu sorriso sincero é a chave mestra para todas as minhas portas. Tenho a oportunidade de viver plenamente a Unidade desta maravilhosa humanidade, da qual eu faço parte em minha Unicidade.

Tenho entusiasmo! ... Vivo!

Eu trato com o devido esmero a mim mesmo e aos outros. Porque os dias correm serenos em seu tempo real; e, às vezes, são as nossas expectativas que bagunçam o tempo e exigem velocidade em plena mansidão.

As expectativas podem ser ilusórias, mas as realizações são bem reais. Ando compartilhando passos, descobrindo perspectivas de esquinas e conquistando montanhas para sonhar.

Serenidade e esforço não são adversos!

Que eu aprenda a consolar a dor do outro, resolvendo o que for possível e não tomando a dor do outro para cobrir as minhas impossibilidades.

Orar é um bom passo neste caminho.

O tempo enxugará as minhas lágrimas e as dos outros. Tanto as de tristezas como as de alegrias...

Sussurro com os meus pés cansados as verdades do Caminho; alimentando o meu Espírito, a minha alma e o meu corpo.

Decido sempre através da ética e dos princípios universais, de moral eterna!

Viver é serenidade; existir é um ato de coragem! Sabemos desta Verdade!

Encarrego-me de me levantar sempre, na verdade; incontestáveis pelos Silêncios que eu profiro, e que são os meus aprendizados.

De respectivos intentos, harmonizo-me nos

momentos de meus passos.

As inquietudes que percebo são "ponto e vírgula" das linhas de minha história. Nunca o ponto final. Reticências, talvez! ...

Não sou indolente com o meu aprendizado.

Alma "Anima" que me anima e que me faz viver, que me faz pensar.

Cavo os poços que devo cavar para que eu encontre a água, a água que corre em minha alma, que brota do meu Espírito, e o faço antes que a minha humanidade sinta tremenda sede de Verdade. Da Verdade do Nome...

Não possuo dogmas, rituais, e nem permito clérigos e sacerdócios outros de possuírem os meus passos.

Tenho a Verdade Espiritual; porquanto, posso compartilhar com eles, mas não são deles tudo aquilo que compartilho, terão que se esforçarem em serem, em se fazerem, merecedores do aprendizado! ...

Estas adversidades sempre estarão presentes, mas as enfrento sem muitos problemas. Oro e medito em meus atos. Fato!

Tenho caráter responsável e livre para vencer estes embusteiros que aparecem pelo Caminho, em seus ataques sorrateiros de ilusões outras, atos de germes devotos do engano.

Os elimino com a Gratidão para com os meus passos.

Construindo momentos, a Gratidão será a ponte!

Os meus ajustes sempre poderão ser realizados no meu presente; neste agora, nos momentos oportunos, em felicidade, de todos os meus passos de minha existência.

--

DESENVOLVER E CONFIAR

O Ancião desenvolve confiança...

- Queiramos a sabedoria! A nossa realidade atual é somente o reflexo dos nossos pensamentos e atos. Querendo mudar algo em nossa realidade externa, devemos mudar em nosso interior primeiro e quando nos equivocarmos; peçamos ajuda à Sabedoria em nosso interior.

Quando estiver em torturas de dúvidas; peça conselhos e, sempre tenha forte em seu coração, de que Ele eternamente está em seu interior.

A maioria das tormentas na alma humana se deve ao fato de que, o indivíduo está primariamente interessado em defender as suas verdades condicionais, em seus sistemas de retorno, freneticamente buscando escapar do encontro com Ele. Mas, é em Ele que encontramos paz.

Devemos nos empenhar em aprender... O encontro será inevitável, melhor que seja agora.

Tenhamos Amizade com Ele em nosso presente.

O Sábio apresenta primeiro os princípios gerais da Vida e, nos explica em detalhes em nossa existência com eles.

E diz que: - Sabendo te dominar, aprenderás a

dominar o mundo! Domar a ilusão, viverás a realidade.

Recordemos de que, a palavra educação, vem de "Educere" que significa, "Desenvolver" ou "TIRAR DE SI" o potencial interno.

Esta palavra nos fala em Sermos humanamente participativos, em compartilharmos a verdade que habita em nosso ser. A verdade está em nosso interior!

A palavra "Confiar" vem de "Confidare" que significa: **"Depositar em alguém"**, sem mais requerer a segurança; de ter somente a boa Fé. Acreditar, mesmo estando vulnerável diante do outro, neste mundo temporal.

Recorde que as boas coisas andam juntas. Somos semelhantes, e os semelhantes se atraem.

Somos semelhantes de princípios e em diferentes formas. Isto nos atrai e nos completa.

A semelhança do íntimo nos atrai e a diferença da forme nos completa. Porquanto, a educação e a confiança se fundem na concepção de processos de se abrir, ligando-se ao outro, permitindo e recebendo do outro; enfim, permitindo e nos impulsionando de que sejamos nós mesmos os autores de nossas existências.

Que as pessoas desenvolvam seu potencial neste processo de abertura, de inter-relações, conforme os seus próprios ritmos e tonalidades de vida. Descobrindo-se em suas simplicidades e na eternidade que a vida conte.

Reconheçamos a importância centrada no ser,

de ser que compartilhada alegrias; é fundamental para a caminhada da humanidade, em integridade.

Foquemos em resultados, de processos desenvolvidos, a partir da gestão de confiança, provinda da educação interior. A Gratidão é a expansão de tudo isto.

Não mortifiquemos o ser e o subjuguemos no estar diante de um resultado débil e ilusório.

Este Estar tem as ausências de ética e possui moral social questionável, nos matará a existência.

Vivamos todas as potencialidades do Ser! Sejamos contribuintes, com a partilha de sabedoria, de que tanto a sociedade humana precisa.

Aportemos ideias e ideais, facilitando até discrepâncias de opiniões, mas, sejamos generosos em alimentar com a verdade, que nunca se acaba.

Unidade sempre, nesta Irmandade Humana... Respeitando a Unicidade que compõe a Unidade.

Ser, ser único não está em desacordo com a Unicidade; mas, estar só, isto não condiz com a Unidade.   -_-

UNIDADE INDIVISÍVEL

O Jovem declara – Somos Um...

- Que não seja eu destruído, pelos elogios dos tolos e ou dos religiosos institucionais, e que me fortifique com as críticas dos meus pares. Semelhantes atraem semelhantes!

A liberdade de pensar é inestimável, sou aquele que somente apresenta os mapas, mas quem traça o caminho, somente é um.

A minha Luz não está oculta do mundo, e nem no mundo. Desenvolvo o meu coração para com a unidade humana. Toco as palavras com a minha mente, mas a compreensão, eu a faço com o meu coração, no meu íntimo. Tenho a simplicidade diante dos meus olhos...

Com direções apresentadas por outros, medito naquelas que, as decisões conjuntas, favoreçam as construções de pontes entre nós; e incentivo os passos de Paz.

O amor do Eterno, sempre me levará aonde a sua graça me proteja. Está em mim, Hoje! Hoje é o Agora, é dia de felicidades, de alegrias, um dia perfeito para amar a si mesmo e ao próximo.

Penso, falo, tenho atos verdadeiros de união. Vivo! Caminho os meus passos... Neste agora declaro

Gratidão!

Trago a minha Fé, como estandarte de vitória, de todas as batalhas que já participei. A minha Luz é a Unidade.

Sou mais Luz, do que lâmpada que se propõem a propagá-la. Sou do mesmo tronco de árvore que tem o nome de humanidade, sou as suas folhas pequenas, cada qual sendo sustentada pelo Amor Eterno. Sou uma pequena folha que se movimenta ao vento, ligada à árvore da Vida.

Sou alimentado pelas raízes, fortificado pelo tronco e nutrido pelos frutos. Mas do que uma razão por existir eu tenho a sabedoria da vida para emitir Gratidão a Ele. Sou um ser de duas asas; Equilíbrio e Paz.

Tenho as minhas responsabilidades demarcadas por Amor. Sei que O Homem delineia os limites e, A Mulher, os relacionamentos. Esta União é fundamental para o Equilíbrio da vida, intensamente selada na irmandade em que me uno e que é verdadeiramente indivisível. No mistério, na Espiritualidade, nesta Humanidade em sermos o que somos.

Nesta origem de Luz, decorre a confiança no exercer em meus ofícios, em minhas decisões de meu arbítrio a essência de sabedoria! A Essência da Espiritualidade humana, que consiste no revelar de suas práticas, nestas verdades eternas, está no interior de um.

Decisões de hoje para o todo o sempre, esta é a diferença entre decisões e escolhas. As escolhas proveem ilusões. As decisões proveem Realidades.

A decisão é conteúdo e as escolhas são formas. O conteúdo tem o princípio da eternidade, a forma tem somente temporalidade condicional à visão humana.

Tenho determinações, persistências, objetivos definidos e claros, senso de realidade e, compartilho a Fé, com todos os temperos que a humanidade tem. Sou criativo e inovador! E mesmo em minhas dúvidas, já não sou prisioneiro destas ilusões. Tudo o que tenho, somente vale realmente o que me faz ser o que sou. Sou, portanto tenho. Não tenho para ser; ninguém o será assim! ...

Desta liberdade de ser o que sou, compartilho as verdades aprendidas, compreendidas! ...

Concebo a Verdade assim: - Vejamos as flores belas, elas estão num jardim, o jardim representa a Unidade delas. Elas em sua unicidade compõem a Unidade.

Está é a beleza da liberdade da Unidade.

O Belo é único e neste estado de único, percebemos a essência deste ente, que revela a simplicidade da Unidade.

Somos um.

Somos humanos...

Estamos no jardim...

O Jardineiro do universo é o Criador, mantendo e cuidando do Jardim! Semelhança e Imagem! ...

-_-

PASSOS

O Ancião – Passos que proferiu...

- Agradeçamos a Vida plena que temos!

Não é por mérito, e sim por amor que desfrutamos da Vida, em sua plenitude. Esta é a constância do Seu Amor para conosco.

A nossa Fé é anunciada na escassez das palavras e, nas ações abundantes de amor, nos momentos de introspecção.

Que possamos sempre discernir a verdade, através dos olhares da Unidade humana. A Unicidade são gotas que compõem o mar. O mar é a Unidade.

O Tempo passa e as Suas verdades permanecem.

Foram as nossas decisões que nos permitiram entender deste vazio de alma e, o que realmente o preenche. Revisemos os nossos planos, para excluir os nossos enganos. Demos adeus às ilusões! ...

Viemos a este mundo e nascemos livres dos medos, assim conquistamos a Paz. Crescemos e aprendemos a deixar de amar em sua totalidade. Lamentos! ...

Débeis incentivos nós recebemos, perdemo-nos de nós mesmos, mas, no transcurso da existência, temos o aprendizado de Vida. Se pode neste agora, retomar o rumo em essência...

Se pudéssemos de vez, fundirmos em uma só peça, todos os significados e significantes da existência humana, de certo, nós seríamos mais simples; conceberíamos todas as peças que compõem a vida.

Caminhemos!

Os nossos passos se atrapalham, e nos deparamos com tantas trancas de tantos mistérios. Mas, se ao iniciarmos a nossa caminhada, confiarmos no que foi estabelecido nesta forma de existência e, compartilharmos os nossos passos com os ritmos e cores espirituais, poderemos descansar na noite, orar e meditar de dia, realizar á tarde todos os nossos sonhos, sonhados. Tudo tem a sua hora. Simplesmente temos a autoridade e o poder de tomarmos as nossas decisões, nestes transcursos de existências e fazermo-nos felizes!

Valentes nós prosseguimos, insistindo em existir para viver, querendo lutar e vencer. Sermos aqueles que se unem para que a Luz brilhe mais forte e, que assim vejam todos, as verdades reveladas, em toda a sua intensidade e prismas. A Verdade é Luz, as verdades são raios desta Luz.

Luz que é as esperanças de nossos olhos, Luzes de nossas almas, consolos de nossas mentes. Fogo que aquece o nosso Espírito humano. E da verdade que se emanam todas esta Serenidade...

Da cultura universal tomemos os passos que são passagens de aprendizagens; um canal de sabedoria. Sonhemos simplesmente em Caminhar... Passagens e canais.

As lágrimas se desprendem da alma e, as palavras que emanam dos nossos poros são preces. O nosso sentir provém do que realizamos, este é o canal.

Na mente, nos atos e fatos nós contemplamos o descanso dos guerreiros.

A Vida contém várias passagens e a existência é um dos canais à Vida.

Somos indignos, imperfeitos, nesta temporalidade, por causa das ilusões e não por nossa essência. Somos de essência perfeita. Somos bons.

Revigoramo-nos para que possamos reinventar a nossa história, existência e Vida. Não temos despedidas, somente buscas e encontros. No agora, sempre se é uma chegada. Sempre!

Deixemos no Mundo o registro do nosso DNA espiritual.

Que possamos sorrir, sem nos importarmos com o tempo. Caminhemos por pedras e espinhos; pedras do nosso caminho que nos fazem conquistar e, espinhos de nossa realidade que nos fazem sangrar nesta ilusão.

O Caminho é nosso, desde os primeiros passos incertos de buscas, e de encontros, com a Paz. De paz sonhar; humanidade existir e espiritualidade viver...

-_-

TEIMOSA LIBERDADE

O Jovem e o **Ancião** – A ousadia da liberdade...

- A excelência é um costume vigoroso que desenha sucessos em nossas teimosias. Saibam disto!

Tem pessoas em suas existências que passam dias, seus dias, em completa ignorância do seu próprio valor de Ser, Ser Vida. Então, meu jovem amigo, digo-te, se tu saíres dos eixos, não demores a voltar, porque esta humanidade está perdida.

-_-

- Sendo eu **jovem**, sempre soube, desde os meus primeiros passos neste Caminho de Sabedoria que, tenho que sorrir mesmo depois de chorar. Eu em meus poucos momentos, já não peço mais nada, somente agradeço.

Tudo o que tenho é riqueza. Sonhos e devaneios. Realidades e realizações. Descansos e eiras.

-_-

- Sim, assim caminhamos jovem amigo, no Tempo do Ser humano têm-se os seus procedimentos, lamentos, o que faz mal, o que faz bem. O que fazemos dependerá da vontade, caridade, do querer. Somos críveis, apesar das controvérsias. A Essência do Humano é Vida. Vida Eterna.

-_-

- Sim! Meu amigo ancião, eu sei disso; fazemos guerras por ignorância da paz.

Os cacos dos descasos cortam os nossos passos. Que encontremos a alegria no olhar. Que tenhamos o olhar do Espírito, em nós e para com os outros.

Bendigamos a Vida. Não percamos a nossa voz, guardemos silêncio. Saboreemos deveres e direitos também. O Tempo que decidamos marcar, este nos guiará! A nossa mente é o leme desta existência.

-_-

- Dos meus muitos passos, sendo **ancião**, o que eu compreendi, eu comparto; do Caminho que sigo, do passageiro que sou, sem ser passante, eu conquisto. Sou caminhante e assim vivo a minha Vida nesta minha existência. Vivamos a nossa vida, assim compartilho contigo, meu jovem amigo.

-_-

- Sim! Eu acostumei o meu coração a Sonhar e Amar, desde jovem em todos os meus recentes passos. Encontrei o Caminho – A Vida. Nunca deixei de andar. Busquei e Encontrei…. Tomei as minhas próprias decisões. Paz!

-_-

- Jovem preste atenção! …. Sejamos a lei Áurea de nossos sonhos. Não nos esqueçamos das riquezas que esta liberdade nos dá. Lutemos contra o mal do mau e do bom também; dentro de nós, e fora de nós.

Somente o Humano é a Imagem e Semelhança do Nome!

Saiba, meu jovem amigo, que as nossas aventuras fazem tatuagens em nossa alma.

Tive dias sim, em que eu como tu agora, queria chorar de medo, calei-me em minhas palavras e em meus silêncios... O Tempo passou e as tatuagens da alma se ocultaram. Prossegui!

Apaixonei-me pelas quimeras deste mundo, desperdicei emoções, enterrei as oportunidades, lembrei-me de dores, e percebi que o mundo ficou pequeno demais quando eu dormia... então, decidi acordar para a vida. Minha vida. Nesta vida que contém a minha existência.

Que não percamos o Sereno em nossas faces, e ousemos mais e mais, ouvindo o galo cantar para o novo dia. E que não deixemos escapar o surgir do brilho da estrela do amanhã, nos primeiros momentos da noite.

Caminhemos sem os prantos e desatinos da ilusão, conversemos como se fossemos ainda meninos; ficando nós, assustados com os trovões, em vez dos raios, isto é fruto da mente que cria a ilusão, não sabendo da verdade, sem querer, as invertemos. Estas sempre serão as nossas Tempestades de buscas.... Somos heróis da liberdade, mesmo que tardia, em um dia de tristes fatos esquecidos de raios e trovões.

Percebamos os raios! Decidamos pela ordem natural da Vida! Todos os demais são manifestações da ilusória existência.

Somos videntes do nosso passado.

Sofremos na alma a insônia da nossa razão, de dia e de noite, temos os nossos passos. Deitados em berço esplêndido, acreditamos na Vida! Teimosos são os nossos passos...

-_-

- Caminhemos meu amigo Ancião. Prestemos contas a nós mesmos. Tudo bem, temos credito. Acreditemos porque temos Fé. Isto nos basta. A brisa que sentimos em nossos sonhos nos liberta de nossas amarras de existência escrava...

A Vida é plena liberdade! Somos de poucos acertos, mas, estes são mais fortes do que os nossos erros. Tudo é relativo.

Tropeçamos tanto que já sabemos nos equilibrar... há aprendizagem no Caminho. O bom é continuar... deste equilíbrio, conquistamos a Paz. Compartilhamos alegrias e Serenidade. Desta Paz tocada, percebemos a necessidade inerente de compartilhá-la. Da serenidade nos expressamos em unidade.

Equilíbrio e Paz são estes o meu par de asas que me elevam para uma realidade que a avoco de Unidade.

-_-

- Assim é meu jovem amigo. Nossas asas, ás vezes, em pleno voo, carregam transpassadas flechas da indiferença e de outras mazelas humanas...

Carregamos em nossas prezas, semideuses, que nos aporrinham a existência, nos pesam na alma e mortificam o nosso voo..., mas, nada é mais forte, do que a certeza do Voo. Esta liberdade nos dá a Sabedoria!

Sabedoria de todos os Mistérios dos Ventos.

Dos que veem a favor e contra...

Saber voar é saber lidar com os ventos contra...

-_-

REVELAÇÕES

O Ancião – As suas revelações...

Se somente percebemos a importância da Luz quando se faz noite; então, estaremos em problemas existenciais, desnutrindo a nossa vida, desistindo desta força Eterna do Amor Maior, que é a Luz da consciência.

Quando acabarmos de chegar ao fundo de nós mesmos, entoemos sons de despedidas de todas as verdades e mentiras. Nossas e dos outros, de outros.

Prossigamos na Verdade que é a essência da Vida. Pedindo uma saída, um socorro, subindo ao monte para clamar; com as lágrimas que lavam a nossa visão outrora difusa de nós mesmos.

Deixemos as nossas inconstâncias de prazeres, perdoando as nossas culpas.

Somos em essência, inocentes – Alegremo-nos com isso!

Acolhamos o futuro de braços abertos, sem ter a certeza de como ele o será. Não será uma questão de sorte e nem de azar, não será uma questão de escolha, mas sim de decisão. Assim queiramos viver, acolhendo as realizações de nossos sonhos, sabendo sonhar as nossas próprias realidades, não permitindo a existência de pesadelos.

Tudo passa; menos a vida. A Vida é eterna!

Quando dizem: "O Façamos, somente o que se pode realizar"; digo-te que isto somente não basta! Insistamos na liberdade que mora em nossa alma. Alcemos voo.

O Tempo não é uma prisão, de nossos passos ele é um dos pés... O outro conhecemos como sendo; Espaço. Estes, Tempo e Espaço, não são senhores, são os nossos servos. Não nos percamos desta perspectiva! ...

O Tempo não espera; somente nos dá esperanças para se viver e realizar. Esqueça as opiniões das sombras, as aflitas direções, a fome do entender e a preguiça da busca em saber. Soluções, são os passos. Decisões, nós nos dispomos pelo Caminho!

Retenhamos no momento, em nossa existência, o orvalho acariciado pelas pétalas de uma flor; estas, serão as recordações das lágrimas de Amor, que guardaremos em nosso coração. De felicidade também se chora! ...

Deixemo-nos soltar ao vento as intocáveis certezas e incertezas que temos, e que tínhamos guardadas...

Em nossos olhos de futuro, contemplemos as maravilhas em nosso presente. No agora das realizações.

Delicada é a noite de nossos dias. Flores que adormecem sem amores, passarinhos solitários em seus ninhos desejosos de sentir o compartilhar. Tudo de bom está no Caminho; caminho que é a nossa existência. Tratemos o trato da Vida na existência de um e de Todos.

Caminhemos pela estrada, entre as nuvens dos desejos, as montanhas das conquistas, os meus passos e os teus.

Sim! Os nossos olhos deixam pegadas em nosso Espírito humano. No meu e no teu.

As nossas lembranças vêm e se vão ao vento, às vezes calmas, outras violentas; Como a verdade de uma nova manhã em um novo dia.

No momento em que queremos recordar nunca haverá tormenta que nos impeça de fazê-lo. Não tenhamos desesperos, pois os sonhos; nossos sonhos, estes estão em nossas mãos, mente.

Tenhamos todas as cores em nossas veias, à amostra diante do espelho que tudo vê. Vemos os nossos passos e dos outros.... Agora em reflexo, e depois, em essência!

Deixemos marcas em nossas toalhas de mesa em meio ao nosso palco existencial, onde por alguns instantes somos os atores e a plateia.

Delirantemente nós, ás vezes, nos esforçamos para nos mantermos simplesmente protagonistas de nossas vidas, mas, o preferível será sermos sempre os Autores, não se importando o papel desempenhado.

Confiemos naquele que está oculto aos olhos, e que se revela ao Espírito Humano.

Eu e tu, O sabemos...

O Conhecemos!

-_-

SEM PRECEDENTES

O Jovem e o **Ancião** – Sem precedentes...

- Saiba meu jovem Amigo, de que, antes de dar aos nossos filhos e filhas um computador, coloquemos em suas mãos a liberdade, o ponderar, o sonhar e o realizar. E o instrumento para isso, somente pode ser, os livros.

Livros que exaltamos como sagrados, outros como tremendamente especiais...

Os livros são sagrados não pelas suas capas, mas sim pelos seus conteúdos. Mas, alguns que exaltamos, somente os são por suas capas...

O humano não é sagrado pelo invólucro (Existência), mas, sim pelo seu conteúdo (Eternidade - Vida).

Sigamos em frente, sempre! A ida para o qual fomos guardados de todas as coisas é o servir ao Rei.

São os livros que nos separam de todas as coisas, que nos fazem perceber a generosidade além do alcance das mentes e dos corações mortais, pois, foi mencionado no Livro de Todos os Nomes; O Nosso Nome.

Tenhamos todas as escritas que se

desenvolveram através de acontecimentos dramáticos e esforços permanentes, para vivermos a nossa liberdade.

Somos esta terra que durante todos os Tempos, resistiu a guerras e tumultos que a alma humana produz.

Os guardiões do Tempo assim se recordam de muitos ensinamentos a serem transmitidos. Compartilhar é o principal deles.

O Caminho em si é o próprio Santuário. Sim! Está separado para os nossos passos. Somente os nossos. De cada um, de Toda a humanidade, mas, não de todo o mundo.

Individualmente conhecemos as verdades de todos os Tempos e Templos. De espaços no caminho vivemos esta verdade em coletividade. Compartilhar é preciso!

Anunciemos as boas novas de que somos naturalmente humanos, de boa essência, somente existindo está essência. O nosso Espírito é humano, a nossa Alma é humana e o nosso Corpo é humano, mas, somos Seres Espirituais. O que sustenta a nossa Trinidade é o Espírito que tudo criou!

Apressemo-nos em declarar ao mundo, que somos verdadeiramente humanos, mortais por um Tempo, para o servo tempo das ilusões e infinitos pela eternidade das recordações, nos corações de quem nos ama!

-_-

- Sim, meu amigo Ancião. Somos os puros de coração, em trágica condição temporal por alguns instantes, até termos A Verdade do momento eterno da alegria; em companhia dos mensageiros de Luz que caminham conosco. Pessoas amáveis... Seres como nós. Simplesmente tão humanos como nós...

Caminhar é preciso, os passos não podem ser poucos e sem qualidade de aprendizado. Este é o recurso da Sabedoria à nossa disposição.

Não exaltemos tanto a busca, mas sim os encontros. Neste ponto visível de nossa existência, guardemos a Unidade.

Vivamos a nossa liberdade de decisão.

Sejamos infinitamente felizes no transcorrer de um dia. Sim! É possível para os quem têm asas.... Voemos!

O arbítrio responsável é a joia mais preciosa que possuímos, está é a nossa Insígnia de Guardiões. Decisões!

-_-

- Continuemos a caminhar em Sabedoria, meu jovem amigo. A decisão de caminhar por este Caminho estupendo, marcará o desenvolvimento da amplitude da alma humana, reforçará a eternidade do Espírito e acalmará os desejos temporais do corpo, este que é somente pó. Corpo e desejos...

A decisão me fez descobrir o momento!

Somos aqueles que vivem o processo amplo e

irresistível do Amor.

Sem precedentes na história Espiritual humana o nosso coração puro, habita a Justiça do Eterno, neste momento. Está é a Pura Verdade!

Somente isto importa!

Somos Caminhantes.

Somos semelhantes.

Somos estes passos de um jovem e de um ancião, neste tremendo Caminho que carinhosamente denominamos de Vida...

-_-

POSSIBILIDADES

O Jovem e as possibilidades...

- Eu sei que as dificuldades e os problemas desaparecem com a Paciência; impulsionando-nos à Perseverança; desta forma, neste conteúdo, que festejamos com Fé todas as nossas futuras conquistas.

Se assim eu sincronizar os significados com os significantes, eu estarei caminhando, juntamente contigo em essência, o que eu sou, e o que somos neste futuro da Comunidade Mundial. Irmandade Humana.

Somos os soberanos de nossos passos, por este maravilhoso caminho.

Não me importo com o Tempo de caminhada, mas sim, com a qualidade dos passos, dos meus passos. Cada passo efetivado por mim tem as suas lágrimas infinitas, tanto de tristezas como de felicidades.

Os custos dos passos... não importam; concluo a meta designada a mim pelo Nome, em minha vida. Tudo o mais, são apenas as circunstâncias daqueles dias de caminhada.

Choro com ímpeto todos os momentos decisivos no Caminho de minha humanidade.

Alegro-me com a Vida.

Verto também lágrimas de alegria eterna. Sonhos...

Os Ventos não se enfurecem com as minhas lágrimas de dor, somente as levam para os lugares outros, de esquecimentos sadios que tanto necessito. Secando assim a minha face e entalhando sorrisos em minha alma.

A Paz e a Unidade, estas são as novas ordens nestas relações humanas. Não impositivas, mas realistas, compartilhadas e entusiasticamente vividas.

Pelo caminho eu opero os resultados de meus sonhos, mexendo com as expectativas da minha alma e inspirando em meu Espírito de guerreiro; estes são os passos de caminhante que conquisto para compartilhar.

O resultado destes eventos em minha Vida; tornam-se as possibilidades da liberdade plena que reina em mim. Idealizando, Conquistando e Efetivando.

Liberto as energias Espirituais, e a minha Fé me guia em tantas razões e emoções.

Ardente eu sou em meus desejos, mas os direciono ao comando de minha Sabedoria, isto sim é o mais indicado; para mim e para os outros. Bom senso! ...

Sem o mínimo pudor declaro que, sou mortalmente humano e feliz, apesar de tudo. Apesar do pouco Tempo... nesta minha eternidade de vida.

Tenho o privilégio dos desafios que enfrento, do dever de caminhar em direção à vitória, com os planos de meus sonhos em meus pés, eu caminho.

Estas são as minhas ações Espirituais, lançando-me nos Tempos; Como um testemunho eloqüente, tenho em meus atos, as vestes perecíveis de meus sacrifícios por este Caminho a percorrer, que tenho todos os dias diante de minhas Verdades e mentiras.

Este é o meu aprendizado e ensino o que aprendi compartilhando momentos. Proporcionando a expansão de minha consciência, encontrando-me em meu interior e diante do outro.

Tenho desafios a minha frente e, sucessos a conquistar no meu, presente.

Na maioria de minhas atividades Espirituais há dependências e condições que envolvem o material; que é os meios pelos quais eu realizo as minhas metas nesta existência, a qual está contida na Vida.

Eu e você meu amigo, de certo faremos os sacrifícios necessários para conseguirmos realizar os nossos propósitos... que são os propósitos de nossos ofícios, do reino em nós. Não o fazemos para merecer, efetivamos por mérito!

Compartilhar é um tremendo aprendizado!

Que construamos, passo-a-passo, a nossa Realidade. Causando a expansão de um sorriso sincero, um afago delicado e suave, e a mansidão de um Silêncio, para com o outro.

Temos a morte para nos esquecermos das dores e a eternidade inteira para nos recordarmos das felicidades. Tudo é uma questão de decisão. Que decidamos sempre pela Vida!

Amar é preciso; caminhar...

Imprescindível!

-_-

IRMANDADE HUMANA

O Ancião anuncia a Irmandade Humana...

- Tomemos muito cuidado com as práticas religiosas, estas são a adoração a si mesmo (egocentrismo), aos humanos mortais, sedentos de poder, que querem somente perfumaria, preocupemo-nos com a essência, que é a Espiritualidade.

Está Espiritualidade também se encontra em meio à filosofia, ciência, e outros passos, mas o Caminho, este é Um Só!

O certo é que temos presente, a necessidade de canais materiais, para a execução da Espiritualidade, mas isto é uma fração pequena da Espiritualidade em nossa Existência!

O que notei foi à fração maior por dinheiro nas práticas religiosas de hoje em dia.

Tenhamos Unidade com a Verdade.

Fujamos destes acumuladores de poder.

A nossa Autoridade é a Essência que é Vida. Compartilhemos o que Somos, e o que temos... tenhamos sabedoria para compartilhar possibilidades...

Todas as células de nossos corpos, não vivem separadas do Todo, quer sirvamos ao corpo ou dele recebamos serviços. Somos um em verdades desveladas! ...

A Unidade Humana, todavia, é uma fonte de Autoridade e poder com tremenda vitalidade, e ainda desconhecida para a maioria dos humanos. Fé! ...

Trabalhemos muito o nosso Ofício existencial.

Não se pode haver qualquer limite para o humano, nesta arte de reinventarem-se em todos os momentos em suas Vidas.

Quanto mais se derem a Unidade e compartilharem a existência, melhor será, especialmente quando tais atos forem regados de Amor Verdadeiro. Isto sim é Vida!

Estejamos encorajando a construção de pontes entre os humanos. Derrubemos muros desnecessários, como a maioria o é, e sigamos em frente, compartilhando momentos.

Com a ação altamente meritória, em formular passos de uma contribuição, de magnitude sem precedente para a humanidade; vivamos a humildade de Ser, sem os desgastes do Ter.

Compartilhar existência é valorizar a vida. Confiemos de que os membros da Irmandade Humana se levantarão com determinações inflexíveis e devoções exemplares, para enfrentarem os desafios colocados a frente. Diante de ti, diante de mim. Diante de nós.

Sejamos humanamente humildes.... Serenos!

Com sentimentos de profunda alegria, anunciemos os nossos passos de procuras e encontros.

Façamos florescer as poderosas manifestações de Fé, nelas se encontram os nossos corações e Espíritos.

Tenhamos a Paz!

Desfrutemos do Equilíbrio.

Estendamos as nossas asas!

O voo é maravilhoso!

Esta Paz que invadiu os nossos corações, desde os primeiros passos, assim de repente, como se o Vento arrancasse os nossos pés do chão e fizesse-nos voar, além das nossas limitações.

Desta forma caminhemos, guardando esta experiência no Espírito...

Esta é a revolução da Irmandade Humana. Voamos em Liberdade... compartilhando o bem!

A estrada não chegou ao seu fim. Somente o fim da tarde, neste dia chegou. À noite anuncia um novo dia que desponta.

Sonhos que realizamos. Realidades premeditadas. Tudo acontece nesta existência para aqueles que estão cheios de Vida!

Esta Verdade repousa em um Silêncio sincero, no abrigo de um Sorriso...

Ao pôr-do-sol, despedimos os tantos "ais" dos dias de nossas existências e fortalecemo-nos com a certeza de um sonho para um novo amanhã.

Depois da reflexão, a Paz.

A Eternidade é possível!

Temos o exercício pleno de nosso raciocínio, cuja permissão é; viver as alternativas, de sortes dos termos, de sermos, felizes, vivendo a eternidade no Agora.

De qualquer termo que conduza à mesma conseqüência; do pensar e agir, nós nos fazemos distintos em nossos passos! Com as nossas asas.

Equilíbrio e Paz!

-_-

DISPOSIÇÕES

Momento 53

O Jovem e suas disposições...

- Todos os meus processos relacionais são momentos de plena vivência Espiritual. São de buscas e encontros. As minhas palavras são importantes, mas mortais por um Tempo; o certo é que os meus atos são infinitamente marcantes; podendo se tornarem imortais nas recordações de outros.

Atos que não se deparam com a morte, mas, tornam-se imortais, nas recordações daqueles que se alimentaram espiritualmente delas. Tornando-se meus fatos movimentando-se no pó, no temporal da existência; Mas, em minha essência imortal, atemporal; conduz o meu Espírito à imortalidade das recordações...

Tenho as minhas concepções mentais para com este mundo, mas, o Mundo não é este mundo. Estou numa amplitude maior.

Minha Fé me permite voar além dos horizontes das existências e perceber a planície da Vida. Verdade plana! ...

Reagi a este Mundo, ora positivamente, ora negativamente; mas, não sou dele. Estou nele, mas não Sou dele.

Tenho as sensações e interpretações em minha

passagem neste mundo; sou um dos facilitadores de sonhos, de sonhos fundamentais para a saúde como um todo.

Compartilho Encontros e não buscas!

Eu não tenho somente o ponto final em minhas escritas, estas são de escolhas e tomadas de decisões. Por Decisões, eu possuo o equilíbrio e a paz das execuções destas.

Sim! Eu e tu podemos mudar este Mundo. Decidamo-nos sempre a realizar mudanças positivas, tanto para nós como para outros.

Todas as experiências possuem as suas estruturas Espirituais, Mentais e Físicas. Os meus pensamentos e recordações de minhas ações, não estão aprisionados a um padrão pré-determinado.

Sou livre para viver; os limites que eu me imponho e não aos outros e nem dos outros, trazem-me sapiência! Limito-me de sombras e amplio-me em Luz. Decisões! ...

Destes padrões de outros, dessas estruturas sociais, devem-se alinhar a minha experiência real de quem eu estou me tornando ser. A melhor versão de mim mesmo! ...

Nada poderei mudar automaticamente em meu ser, sou humano por natureza. Necessito de Tempo e de Espaço. A Verdade se aprende com os passos dados.

Posso decidir sempre o ritmo dos meus passos neste Caminho, mas O Caminho é um só. Eu sei disso! ...

Neutralizar as minhas lembranças desagradáveis, pode ser enriquecedor a minha alma, mas por um Tempo só. O que eu devo realizar são pontes, deste passado ao meu presente, reescrevendo e solucionando o que eu não tratei no momento anterior. Esta é a certeza do meu futuro de Paz completa. Do meu viver o Agora em Equilíbrio.

Os perdões aos outros, somente serão eficazes, quando estes, iniciarem-se por nós mesmos...

Quando um aprende a realizar algo, todos têm a mesma possibilidade também. Os resultados não são meramente consequências de um processo das realizações pessoais. São somas de parcerias, entre todos os seres viventes deste universo.

Quando uma pessoa tem sucesso financeiro, por exemplo, é um excelente guia a todos. Sigamos os seus passos, vejamos suas lutas e alegremo-nos por suas conquistas. Guardemos os nossos princípios e nos esforcemos, não tanto para alcançar o objetivo obtido do outro, mas, para nos mantermos no centro da ética e dos códigos morais que elegemos viver!

Somos Seres Humanos, viventes neste cosmo, que se expande em Amor Infinito.

Contribuímos com a nossa alegria, sorrisos e esperanças, nossos passos; o aprendizado está centrado nos passos e não nos objetivos.

Podemos, eu e tu, aprendermos como é o mapa Espiritual, Mental e Físico do Humano e realizarmos disposições de Paz com Equilíbrio imanente para todos.

Em nossos atos de casualidade, cujos efeitos não passam de agente revelador da identificação da criatura ao Criador, sabemos que O Nome é imanente ao Mundo.

O Nome em nosso interior nos dá Vida.

Não há existência sem Vida!

-_-

SOMOS

O Ancião – Revela o que Somos...

- Somos a chave mestra do Universo.

Nossa felicidade plena é primordial para a harmonia das existências, para a Vida. Desta forma convido que apreciemos tudo o que se tem e principalmente o que se é Essência! ...

Todas as infelicidades neste mundo são realmente passageiras. Tudo termina para um novo início sem ser novamente.

Muitas pessoas sentem e por isso acreditam que, pensar em certas coisas como sendo impossíveis de se viver, assim será; sem nunca terem se disponibilizado para realizá-las. Tudo é possível para àquele que realmente crê.

Se existir um limite físico para realizá-lo, o que devemos mudar é a forma de concepção, mental e espiritual, deste evento; Desta conquista. A experiência de Vida vai nos mostrar isso!

Somos intensamente possibilidades latentes. Conquistadores de nossos passos, realizadores do agora!

Quanto ao Espírito, Mental e Físico, estes são partes do mesmo sistema integrado do Universo, desta Unicidade em relação à Unidade. Guardemos a

Unidade! Somos Um.... Simples assim.

Os Nossos pensamentos afetam intensamente e instantaneamente a nossa tensão muscular, a nossa respiração e as sensações; enviemos as nossas dúvidas e soluções mentais, ao descaso. É em nossas decisões neste Caminho que resolvemos viver a plenitude de nossa existência. Guardemos a Serenidade...

Quando aprendemos a mudar, com a percepção de Um Todo, aprendemos a modificar os processos de realizações, do particular ao geral. Todos nós já possuímos Todos os recursos, de que necessitamos neste Universo de Tempo e Espaço, que denominamos de agora. Provisão Infinita, temos!

Podemos usufruir destes processos de construção de realizações, com os nossos sonhos e, colocá-los em nossos processos relacionais de forma a compartilhá-los em nossa Vida. É impossível não se comunicar em Verdade plena.

Estamos sempre nos comunicando, tanto verbalmente como não verbalmente. As palavras são quase sempre a parte menor deste processo comunicativo entre nós. O nosso Espírito emana verdades! ...

O importante é sentirmos o que suspiramos, sorrimos e, olhamos da alma humana, em suas formas de representações, em seus pensamentos de realizações.

Perceber a existência própria e do outro, é observar a Vida. Da existência temporal à Vida eterna.

Comuniquemos nós mesmos, como somos,

resguardando as gentilezas devidas neste compartilhar.

Todos os significados e significantes, de nossas comunicações sociais, são reações, do que somos realmente em nosso íntimo e, o que ousamos revelar neste compartilhar em exteriorizações ao outro, com o outro. Muito além das buscas e intimamente de encontros.

Observemos o recebimento de nossas ações; isto nos permitirá deixá-las claras, mais verdadeiras, tanto para nós mesmos, como para o outro. Comunicar-se em verdade é fundamental.

Não estamos sós! Somos a Unicidade em Unidade. Permeamos existências, talhando na vida, sorrisos eternos. Felicidades incontáveis compartilhando momento...

Que maravilha sermos o que Somos; Imortais até quando dure a nossa mortalidade humana.

Nesta temporal existência, nestas imortais descobertas de Ser. Compartilhamos possibilidades...

Tudo é uma questão de bom senso.

Compartilhar a existência é honrar a Vida!

Somos Filhos e Filhas do Nome!   -_-

BOM SENSO

O Jovem e o **Ancião** em bom-senso...

- Fico me perguntando, ás vezes, em meus poucos passos, se O ETERNO criou o mau ou o bem foi estabelecido e o "mau" corrompeu o bem, criado? Mas, como o mau não é individuo, um ser a parte da criação... então como seria? ...

Se o Frio não é reconhecido pelas leis da física; somente o Calor o é; sendo o frio a ausência do calor, certamente o frio em si, não existe?

Sendo que a Escuridão não foi criada; a Luz foi criada; A Escuridão é a ausência da Luz. Então a Escuridão de certo, também não existe.

Seguindo, portanto, as seqüências lógicas das leis estabelecidas pelo Nome no universo, o bem foi criado e o mau é a ausência deste bem-criado. De certo o mau não existe em si. Somente é a ausência do bem. Assim são as minhas ponderações como jovem.

-–-

- Meu jovem amigo, eu sendo o **Ancião** lhe digo...

O "Mau" é o resultado que acontece quando há na existência de Um, a ausência do Nome nela. Quando não há percepção real da presença do Eterno nela. Portanto, o mau é a ausência do bem. Ausência, gera carência. Que o Nome nos conduza sempre em passos firmes!

Saibamos os motivos, dos passos... tenhamos passos em Amor. Todo o amor transcende o fim, na morte se esquece de quase tudo, menos do quanto se amou. O apreço não tem preço. O Amor é um ato imperativo no agora e Eterniza-se no Universo dos momentos.

Os caprichosos são os rumos de nossa existência e não de nossa Vida.

-_-

- Sim, ancião, mas, a minha sina, sabe que se revelou o meu Norte, e que eu poderia mudar. Acreditar para modificar o meu existir e por tanto viver, exige renovação.

Juntei os meus cacos das minhas más lembranças, coloquei-os no fogo da esperança, que habitava em minha alma humana; escolhi a nova forma transformar e, a beleza de se viver livre destas amarras do Tempo se me fez presente, em uma bela escultura para contemplar. Construí um espelho intimamente bem-polido!

Olhei-me em meus próprios olhos e observei-me além da escultura sem vida. A essência não se necessita da forma. Esta é a Vida que flui eternamente.

A Vida é o belo, é arte. Somos de barro bom e pó das Estrelas. Amores do Criador. Brotamos do pó nesta existência, mas o que nos importa, é que, recebemos o fôlego de Vida e, a nossa existência tem tempero quando ao Nome nos devotamos. Devotamos este nosso construir em louvores eternos. Compartilhar existências, descobrindo-se em Vida...

Arrumemos as nossas paisagens mentais, embarquemos nas brumas de nossos sonhos, conquistemos os poemas de nossa alma. Que tenhamos a Autoridade deste poder, de sorrir em espírito, de alegrar na alma e compartilhar felicidades neste mundo físico.

Tomemos o cume da montanha por alguns segundos, nesta posse de real temporalidade, faz-se necessária para as recordações em dias difíceis; não tenhamos vergonha de conquistar, mas sim de não compartilhar a vitória, mesmo temporária, com ela o é.

-_-

- Jovem amigo, eu tenho muitos passos, e de tantos tormentos, sem cabimento no coração, transbordo buscas e deixo as soluções para os Encontros.

Quando se vê a intenção nos olhos do Silêncio, temos então a oportunidade do compartilhar as ações positivas. Isto, para alguns, é somente uma questão de escolha, mas são as decisões que tomamos que nos guiam nesta existência.

Onde estamos? – NO AGORA!

O que somos? – ESTE MOMENTO!

Não ultrapassemos o bom senso de compartilhar a Vida em existências Serenas.

Viver além das escolhas é existir depois de nossas decisões. Não os confundamos!

A fé é tudo aquilo em que eu me propuser acreditar...

Os nossos passos têm o compasso do bom-senso. Este compasso é primordial em cada sorriso compartilhado.

A felicidade é uma possibilidade latente em nossa essência!

Compartilhemos sonhos e realidades.

-_-

CONCEPÇÕES

O Ancião e as concepções...

- O Eterno nos educa, em ciências, filosofia, ética, história, poesia e, entre outras experiências pessoais e coletivas.

O Criador nos dá o sentido neste Universo, como um ato criativo e maravilhoso!

Neste contexto apreciemos a ética da criação que nos revela a arte dos códigos morais do Universo.

Os valores em obrigações éticas e morais são normas de existência da Fé.

A Fé estabelece a ética além das visões obvias dos códigos comportamentais.

Cada qual tem a sua Luz própria. Sejamos serenos com os nossos passos.

Renasçamos a cada dia, com uma tremenda alegria pelo ato de viver!

Rompamos com o esperado de alguns, juntemos sonhos com outros humanos, percamos as próprias realizações e concebamos compartilhar feitos sociais e encontremos a nossa própria obra inacabada, mas com um gostinho de querer mais: - Vamos sonhar!

Que tal inventarmos realidades, juntos? ...

Assim caminhamos, às vezes, com a ilusão de controle das verdades e das mentiras. Partimos de realidades de um e fincamos na ilusão de muitos. Mas, quando percebemos que nos atolamos na ilusão em si; devemos abrir as nossas asas das possibilidades e conquistarmos realidades sonhadas.

Ao compartilharmos o que se escreve com seus próprios passos, já não se tem mais controle do escrito e nem dos passos. Isto acontece porque são as pessoas que as decodificam, com as suas experiências existenciais... Estes entes notarão com as suas impressões a nossa jornada no Caminho, irão trazer as suas próprias verdades e mentiras para a essência, do que se descreveu, em experiências vividas de suas existências, em suas construções, em aventuras descritivas.... Isso é maravilhoso, belo. Aguardemo-nos daquilo que nos ajusta! ...

Aprendamos a ver a nossa realidade de várias tonalidades...

Há clareza nos sonhos sinceros, na simplicidade do aproximar-se, na integridade individual destes guerreiros humanos, que buscam a essência de um sorriso. De olhos molhados de felicidades. De lágrimas que transbordam sorrisos. Deste Silêncio que tudo fala e que tudo contém.

Sigamos integralmente as nossas ideias e ideais e questionemos sempre antes de realizarmos os primeiros passos.

Tendo a concepção da razão, acima do coração; nunca ultrapassaremos os sentimentos, nas práticas do bom-senso de Vida plena, em nossa existência.

As nossas Insígnias humanas são muito importante; delas depende o nosso sorriso farto, quereres provindos de sonhos, preces sentidas e, expectativas sãs. Mas, lembre-se de que, as nossas insígnias que aqui vivemos são os reflexos, que são eternas. Foquemos o Espiritual diante do Nome.

Estas Insígnias têm o que vêm daquilo que, provêm, do que o coração detém e contém. Assim leem os que as observam e as têm...

É nesta honra que se permite misturarem-se com a chuva, os ideais e a Fé, nos tempos e templos do humano ser; que no peito abriga o coração simples, formulando-se novas ideias de liberdade. Somos livres. Compartilhemos ideais eternos.

Tenros cuidados têm-se nas pronúncias das advertências. Cinjamos em essência de humildade a alma dos eternos, ao influir a vida em simplicidade.

Apresentemos a formosura do sorriso sem perjurar a Fé alcançada. Assaz, pressintamos os passos no Caminho, sem a lastimosa torpe lisonja da fábula da existência.

O nosso "Ego" é o nosso grande inimigo, nos enfraquece sem nos dar o direito a defesa de valores; os erros cometidos, por nós, e pelos outros, parecem-se muito conosco, mesmo! Escravizando a razão e as nossas ações....

Perdoar é se lançar em um voo livre, plainando em razão, em meio às manifestações de sentimentos e sensações.

Façamos presente a ética, está que se propõe a iniciar debates, dando-nos a oportunidade de concluí-los em realizações outras.

A ética não pertence à religiosidade. A Ética é essência da Espiritualidade. Ela é propícia à reflexão moral nos processos de educação e aprendizagem de existência.

Estimulemos a liberdade de pensar, em pleno exercício das realizações em responsabilidades compartilhadas. Que assim sendo, cumpramos os votos de amizade, nos respeitando "Online" e "Off-line"; com a mesma intensidade... No também eu posso; no eu quero... No talvez. Neste agora. Diante de si e do outro e na ausência deste.

Ensinemos a questionar para pensar e realizar os nossos feitos e dos outros.

Aqueles que questionam se libertam de imperfeições outras. Às vezes, devemos dar passos, muito mais além do que prevíamos para sentir saudades, de tudo aquilo que deixamos para trás. Tempos, Espaços, Verdades... Vida.

Vivos nós estamos nesta temporalidade da eternidade. Caminhantes e Semelhantes, somos entes de Passos...

Vivamos a felicidade de sermos o que Somos; humanos por existência e eternos por amor. Essência! ...

Que o Nome continue abençoando a nós todos, nossas Famílias e todos os nossos propósitos.

-_-

EXPLORAÇÕES

Momento 57

O Jovem e o **Ancião** em suas explorações...

- Sendo um **Ancião**, eu sei que o Mestre parece ausente; mas na verdade está em Silêncio; Contemplando as realizações das efetivações do aprendiz de um, do todo.

Nas areias do Tempo, sabemos que os versos da razão vagueiam em busca de sentido, para os sentimentos que habitam o nosso coração.

Mansamente, derramemos as nossas lágrimas de alegria, descansemos o olhar nas pontes do Caminho, festejemos as recordações e alegremo-nos além das esquinas da existência.

Já não mais queremos a guerra, o indiferente se encerra nas garras do opressor. Guerras lógicas... Dogmáticas... Ilusões.

Cansamos de estar sozinhos, temos a companhia de nossas pegadas deixadas no Caminho, indo à busca de encontros em nossa realidade; já não mais de buscas existenciais, mas de encontros de Vida. Compreendemos que não somos entes sós. Compartilhamos existências!

Façamos da trégua, de todas as guerras interiores, o que admiramos em uma fotografia, que em si registra sempre o ato passado ou um tempo de paz presente. Reflitamos os pensamentos que se chegam... e construamos o momento!

Digamos a nós mesmos, abafando as dúvidas, de um querer, que o Tempo nunca mais se viverá igual; que somos muito mais, do que se registra, em um retrato de existência. Revelemo-nos em nossa realidade eterna! Agora!

Em confusões ofegantes de conquistas, molhemos os nossos olhos com lágrimas de querer ver mais; de alegrias, por suposto, também de versos tolos e percepções banais, rindo-se com estas coisas, porque não se constrói nada que não valha uma lágrima de alegria...

Destes beijos que sempre foram dados, tocando os lábios do tempo, na distância dos sonhos, deve-se vislumbrar a realidade que queiramos construir.

Sim! É muita falta de educação falar com a boca cheia de respostas, e de perguntas repletas de mentiras.

Busquemos sorrindo, o dia que já se foi. Desde o começo até o presente de este existir. Lindo e perfeito, como a integridade de um indivíduo é o dia em sua totalidade.

Voos ao interior. Encontros com a essência. Criemos canções, estas canções de palavras mágicas, que pisam no Caminho, onde as flores sempre ficam à margem; com seus espinhos.

Criemos cores de diversos tons, do contato

íntimo do nosso ser. A tinta que imprime é o sangue de nossa existência e a tela, a Vida!

Destas cores de sonhos, fazemos nascer o sol em nossa alma, e deste Caminho, o desejar que nos dê olores de louros de vitórias infinitas.

-_-

O **Jovem** pergunta: - Quem pode saber o fim do Caminho?

O **Ancião** responde: - O Caminho não tem fim, os passos é que mudam de intenções! O Silêncio guarda os mistérios... Em um Silêncio lento, escuta-se o coração.

Esqueçamos os passos por instantes e os repassemos neste momento...

Sou um eterno aprendiz apaixonado, que está aprendendo a arte de amar e os meus muitos dias revelam segredos, sendo eu, ancião de dias, repletos de momentos. O Caminho nunca se acaba, os passos são os que cessam...

Que vivamos plenamente a felicidade que está à nossa disponibilidade, em nossas possibilidades...

Sejamos estes, que se lançando ao Espiritual, se encontrem diante do Nome em seu íntimo.

Vivamos as inerentes bênçãos de sermos os herdeiros do Nome! ...   -_-

INERÊNCIA

O Jovem e a inerência da Vida...

- A minha paciência, que é humana, é de habilidade que se desenvolve com boa atitude, no desenrolar dos fatos. Assim insisto! ...

Acredito no possível em meio ao impossível. Sonho com as realizações. Pondero e executo!

Abrigo à tristeza no espinho, mas contemplo a Vida através de uma flor. Enxugo o pranto no lençol dos sonhos. Sussurro esperanças! ...

É inútil fingir que não existirá adeus. Partir não é uma renúncia; é sim uma obrigação. Parto de um, encontro o Outro, O Todo.

O pássaro somente consegue voar por si, quando deixa o ninho e conquista o céu, para desbravá-lo. Assim sei eu em meus passos de aprendiz.

Digo adeus, sem pedir perdão a mim mesmo. Perco-me de minha solidão, sou um, com a pessoa que amo e que por ela sou amado. Somos um neste Mistério eterno de impulsionar-nos para amar. Conservemo-nos serenos!

Verto dos meus olhos, mais do que lágrimas... Olhar!

Nunca trairei as minhas lágrimas. Esta é a

minha certeza de passos. Nunca enfraquecerei o meu sorriso. Essas são as minhas decisões! ...

Sou mais importante do que o sol, mesmo em minha ausência, estou presente. Semeio emoções e colho realizações, lua após lua. Boca que me sussurra verdades deste momento!

Eu guardo somente aquilo que quero compartilhar; e realizo os meus sonhos com dedicação consciente e efetivação de muitos. Sou responsável pelo que transmito; apenas isso!

Não tomo para mim as interpretações de outros, de seus atos. Não sigo os passos de outro, provavelmente os acertos serão do Nome e, os erros somente meus, assim eu posso evitá-los ou consertá-los. Tenho somente esta responsabilidade por agora.

Advirto-te que não siga os meus passos! Caminhe lado a lado, e aprenda, a imprimir os seus próprios passos, em sua história, em minha história, em nossas histórias compartilhando existências, construindo Vidas.

Vivo a minha existência com os meus olhos em minha Realidade. Eu não me importo em levar bagagens, o que eu aprendo nisto, reveste o meu coração de glória! Molho o meu rosto de alegria e aqueço a minha existência. Aprendo a viver!

Tenho as saudades das sagacidades e levezas de Espírito de aprendizados outros... Para que eu ouça os conselhos dos Mestres, eu tenho primeiro que, entender as suas advertências! ...

Eu tenho os referenciais de recordações e, oportunidades que utilizo, para construir a minha história vindoura...

Tendo novos horizontes, não significa isto que eu esteja correndo atrás de sonhos.

São os sonhos que me impulsionam a ter novos horizontes de existência! Mas, o que me impulsiona à Vida, é a minha ligação vertical; eu com o Nome e a minha ligação horizontal com o outro.

A minha origem existencial é de certezas e dúvidas, de possibilidades e inquietudes, de Paz e, prudência, de mais espaço para caminhar os meus verdadeiros passos.

A minha essência de Vida é de certezas contínuas, de possibilidades latentes, de Paz eterna, de prudência acalantada, de caminhar sem me perder na ilusão de Tempo e de Espaço.

Sei sempre dos meus passos, que são verdadeiros diante de minha eternidade.

Eu grito para me defender dos Silêncios que invadem a minha alma. Escondo palavras em meu coração. Jorro segredos desde o meu interior. Revelo-me a mim mesmo! ...

Tolero as ações que não mais me condenem; somente isto. Separo todos os perdões, a mim e aos outros, em intenções positiva, daquelas não tão positivas assim, que querem se manifestar. Pondero! ...

Acrescento novas opções, mais atualizadas, e que destas, satisfaçam minhas intenções, dando-me sabedoria neste meu momento.

Destes passos, que são as minhas pretensões de existência, eu acrescento sorrisos e abraços em um leve adeus!

Ao Nome tudo pertence! ...

-_-

DESCOBERTAS

O Ancião e as suas descobertas...

- O teu saber somente é válido quando o compartilhas para educar, e não para adestrar.

De repente, existe alguém, que tem saudade de outro alguém. É imprescindível que choremos, para nos lembrarmos de nossa inocência ao nascer. Porque somente o tolo, seca as suas lágrimas, antes destas, mancharem a sua face e se diluírem em seu coração.

Não tenhamos saudades que nos faça apagar ternuras.

Contemplemos o céu e nos admiremos nas formas das nuvens.

Essa estória que todos os caminhos levam ao mesmo encontro é pura mentirá. Os passos podem ser diferentes, mas o Caminho é um só.

Há música no céu! Há um Nome!

A correnteza forte de um rio não é o seu inimigo, ela somente trata de se relacionar com as margens que a limita.

As correntezas são momentos existenciais e as margens são expressões de Vida!

O seu inimigo é a sua estupidez, em crer que, é sempre o mais forte. As margens entendem de fraquezas!

Zombemos de nossa capa de super-herói. Aprendamos a servir, mais do que sermos vistos servir.

Debrucemos na barranceira deste rio, por alguns minutos de sonhos, apenas; percebamos o ritmo dos pensamentos!

Descubramos momentos.

Sejamos felizes!

Não permitamos que a correnteza deste mundo nos leve, tão distante de nós mesmo; sejamos leves, mas não nos deixemos levar, não pelas correntezas, mas pelas margens, que nos orientam a jornada.

Sejamos nestes oceanos, as águas dos rios sem o pó dos esquecidos.

O barro que nos forma, é amassado pela boiada que sempre passa e pelas chuvas que se precipitaram em suas inércias, desbarrancando a existência de muitos. Ignorâncias!

Adormeçamos sorrindo e acordemos sonhando!

Eu não me troco por ninguém; ficarei comigo por toda a eternidade, até quando esta teimar em existir em mim. Pura Verdade! ...

Toda a mudança requer atenção, vontade e Fé, pois quando se diz "eu posso"; deve-se antes de conseguir as realizações, lutar com os demônios de dúvidas e incertezas.

Vencer as dúvidas e incertezas, somente se faz, diante do Nome, que tudo sabe; tudo pode e tudo revela.

Esforcemo-nos e esmeremo-nos nas preparações dos nossos sonhos, somente assim os fatos serão a nós, eternamente agradáveis. Atos para fatos!

Saibamos ouvir os sussurros de nossas reais intenções. Atos de Sonhos, fatos de Realizações.

Em busca de novas formas de se viver, descobrimos nas esquinas de nossa existência, que não é a receita que é boa, o primordial é quem as manipula.

O que dá sabor sem igual, é a essência!

Os mais experientes, trocam confissões, através dos Silêncios dos olhares. Assim presencio... assim o faço, de fato o comparto! ...

Encontremos na flor sentida, ás pressas, no jardim de nosso próprio lar. Um momento de felicidade para contemplar e compartilhar Vida é essencial em nossa existência. Serenidade nós devemos viver!

O obvio, o dia-a-dia; têm a sua beleza para nos revelar, sempre!

Descubramos exatamente o que as pessoas querem e demos a elas, mais do que elas esperam de nós. Doemos Verdades e compartilhemos sorrisos...

Este é um exercício de doação de almas, que entendem as Palavras do Espírito, em Amor, a cada Silêncio pronunciado em um beijo de acalanto.

Sejamos companheiros nesta jornada existencial e semelhantes nas descobertas em nossos momentos.

Aconchegado em meio ao cobertor dos Tempos, percebo os meus limites e, descubro os meus atrevimentos, de possibilidades de execução, de meus sonhos e realizações.

Passos! ...

-_-

COMPANHEIRISMO

O Jovem e o companheirismo...

- Eu já voei pelos dias, amadureci ao entardecer e de repente, brilhei em meus sonhos. Os meus medos sumiram no breu da noite.

Ao amanhecer de minha existência o frio se dispersou; a pena cansou de ser levada ao vento, tudo o que eu tinha, não quis que ficassem a esperar ao acontecer. Mas, tudo que permaneceu no meu coração, são as gratidões infinitas ao Criador, por todas as minhas realizações.

Eu plantei sementes pelo Caminho. Imprecisos eu sei que são os resultados das minhas intenções de passos; somente no percurso se revelará os feitos dos efeitos, destes meus passos ao caminhar. Semeei! ...

Eu tomo cuidado com o lapso e com o lápis...

Tenho a paciência, para que eu não caia nos limites de minha existência e, a perseverança, para que eu alce o voo em minha realidade em meus momentos.

Eu atrelo o que eu quero dizer, ao ignorar algumas premissas que amordaça a minha alma.

Não são necessárias conclusões, mas passos de espírito livre e da alma que necessita encontros...

A minha alma se ressente desta postura tão equivocada, de lágrimas de tristeza...

Estas que trazem um terrível desinteresse, quiçá uma aversão a esta expressividade, a esta versão de lamentos.

Eu grito num dia.... Liberdade, mesmo que tardia! Colhendo atemporais felicidades em outros momentos.

Onde está à profundidade em essência, deste meu extasiar-se, ao encontrar com a independência dos meus passos e os confiantes rumos neste meu caminho?

Busco a verdade, sempre!

É muito bom saber que eu estou caminhando em passos semelhantes. Estes passos nunca o são e nunca os serão iguais! Semelhantes na Unidade, caminhantes na Unicidade.

Sigo com a força da Fé, tal qual a que tem um pescador em meio à imensidão do mar; o Nome o alimenta em simplicidade, esta é a Fé do pescador; confiança e determinação, o anzol e a linha, o mar sendo a isca para as realizações e os mistérios sendo a vara.

O pescador, bem... ele existe. A sua existência é a prova da interligação com o Todo.

Finco a minha existência, sem parar a minha alma de gozar da paz entre os humanos. Fujo do mau, não por medo, mas por Sabedoria; porque a minha Vida é mais importante do que a minha existência.

Sonho realidades e desfruto dia-a-dia destes sonhos.

A minha responsabilidade é ser feliz e compartilhar sorrisos.

Volto-me aos meus sonhos e bato na porta das minhas possibilidades...

Entro e percorro o corredor das minhas realizações. Vejo que compartilho mais do que existência... Vida!

Aprendi que sim é sim; e que não é não e eu posso atrever-me, no talvez. Talvez um dia.

Nos dias, nunca nas noites porque a luz se faz muito mais importante.

Eu sei que, alienada é a existência de que tem como chegada final, a morte. Mas, a poesia da existência faz brilhar o sol, que aquece a minha alma e que nos dá a sabedoria, sabendo da eternidade e do temporal.

Vou caminhando o meu Caminho, sem vontade de morrer, mas de concisa percepção de que ela um dia virá me receber, para que eu continue a viver e não somente existir.

Quando será?

Eu não sei! ..., mas, com certeza, em um último dia de existência, desta Vida o será.

Sei que os pingos de chuva não são lágrimas por esse motivo, ou por qualquer outro; não são lágrimas de nada.

São pingos, como pontos que ansiosamente procuram encontrar suas vírgulas, pela estrada da existência e, descobrir momentos.

Eu sei pelos meus passos juvenis, que ontem caí, que hoje danço e, amanhã terei surpresas!

A minha existência é uma melodia que merece a minha regência.

Sem pensar, sonho; Choro sem sofrer. Se eu sofrer; não é sonho, é pesadelo, que eu chamo de existência a se resolver.

Em uma comparação explícita, a fé forte dos Caminhantes e em uma comparação implícita, a nossa similaridade; somos de companheirismo inseparáveis em passos...

Eu me escrevo e você me lê!

Revelemos o que sabemos...

Aprendamos nos silêncios, pronunciados com os nossos olhares, à Verdade da Vida...

-_-

DISTINÇÕES

Momento 61

O Ancião e as distinções...

- Somente a partir do coração é que poderemos tocar os céus, este que sonhamos compartilhar, ou a realidade que compartilhamos e desejamos alcançar... A minha alma é contígua à sua, a ponte é o nosso pensar.

A ideia de inclusão nasce no compartilhar, de si para com o outro. Conseguindo um teto para admirar as estrelas, rever a lua e desejar o sol depois. Ter um pouco de pão, com recheios de palavras sábias, para saborearmo-las juntos.

Os falantes consideram os sons que emitem; Brilhantes! ... Os Caminhantes trazem nas dores das plantas dos seus pés, a realidade do Caminho em silêncios percorridos.

Falantes são os resultados dos fatos marcantes, das poesias dos escravos urbanos, em plena vigência do século presente.

Somente quando as ideias se opuserem a outras é que estas não se tornarão absolutas e, tão pouco, absurdas.

As ideias poderão ser opostas e até mesmo excludentes, mas nunca eliminará os fortes ideais, que carregamos no coração. Ideias e ideais, nesta ordem...

A antítese extremada, do contexto da existência é o querer somente Ter para Ser.

Isto gera uma situação impossível, uma ideia absurda e um falso ideal que traz Dores, a todos...

Queira abrir a porta, mas se somente vês uma janela; então, a pule e, corra livre pelo caminho, para a chama do momento. A Vida coloca algumas janelas em nossa existência! ...

Na chama que arde; há a chama que chama as aventuras para o coração de um. Todas são peripécias do momento! ...

Muitas pessoas, por suas existências sem pares, afirmam exatamente o contrário da imensa solidão que vivem. Não é ironia, é sim pura mentira condicional. Querem somente provocar, o que sentem, no outro. Dores! ...

Jocosa são as mentiras, que falamos a nossa alma e; Sarcasmo é a agressão do tolo à ideia do sábio.

Das frases-feitas a mais triste que considero é essa: - Mais vale um pássaro na mão do que dois voando. Eu reescrevo esta frase em meu coração, desta maneira: - Mais vale dois pássaros voando do que ter um na mão.

Livres voos... Conquistas plenas através das própria essência. A nossa essência é o Bem! ...

Aprisionamo-nos por querer-nos existência. Ter e não simplesmente ser, é algo realmente perigoso. A Vida suporta tudo isto, a existência, não! ...

A ambiguidade que muitas almas têm, é somente um vício político. Dependerá sempre, de interpretações claras de si mesmo. O problema nunca foi subir na árvore; mas sempre será o cair-se do galho! ...

Havendo belezas na alma humana, estas são lindas na obscuridade difusa das percepções da existência; Simpáticas na claridade das ideias e, horríveis diante dos ideais do Espírito. Pura ilusão é a alma temporal do humano...

Há divergências entre o conceber e as realizações...

No dia de hoje, sempre é o momento.

Concebamos sonhos para vivermos a nossa realidade. Para se morrer nesta existência, basta estar vivo; deverias saber disto! ...

O morrer é uma ilusão, às vezes, tão forte como o medo, e por vezes, tão repleta de saudades como as reverências diante das recordações.

Viver é possível!

Sempre.

-_-

RESILIÊNCIA

Momento 62

O Escritor em suas resiliências...

- O computador se apeteceu em levar as minhas narrativas de existência em vida embora, para tudo se perder, não se salvando nem a penúltima vírgula; mas nada disso importa, pois o que não se registrou para os outros, cravou em minha alma, recordações eternas do expandir-me por ser o que eu sou.... Escritor que descreve passos...

De tal maneira, nas formas grandiosas do momento, apresento pequenos fragmentos, que simples como tempo que percorre espaços. Transcrevo também todas as coisas que foram ditas e se foram.

Marco o Silêncio que diz tudo o que precisamos saber ao ler sobre as verdades.

Deixemos os insolentes caminharem, por suas próprias pedras agudas de suas ignorâncias. Por instantes, até eles perceberem que, a vida é feita de momentos. O importante é que vivamos as nossas emoções, apesar dos alardes de nossa razão. Temperos são os passos!

De nossas experiências fascinantes e em muitos casos, temerárias; a nossa integridade de caminhantes será sempre preservada, porquanto, os sábios sempre serão eles mesmos... Sempre!

Somos Semelhantes na Unidade. Evidenciamos o Mestre dos mestres com a nossa Unicidade. Somos Luz!

Temblemos as nossas existências, com o que a de mais saboroso no Universo – O Amor Maior!

Somos os Autores desta melodia que denominamos existência. Ao debatermos os mistérios da Vida e reciclarmos as nossas faltas, sejamos com os outros, tão complacentes, como o somos conosco mesmo.

A noite da alma humana traz seus acalantos, e os dias, as suas devidas efetivações de verdades.

Cuidemos das pessoas, porque a maioria está despreparada para exercer qualquer tipo de poder, sem mesmo ter o talento e a Autoridade devida de Ser Vida. Quem não sabe servir, não consegue viver e somente existe.

Tenhamos sempre a capacidade individual de nos construir, de nos reinventarmos positivamente; diante das adversidades que a existência nos apresente no momento.

A consistência dos passos é fundamental para o êxito da caminhada. É inaceitável a preguiça; medite sempre e aja conforme as suas decisões. Olhe para a Eternidade. Decida!

Intensifiquemos os exercícios éticos e morais, que demonstrem o nosso caráter, diante de nós mesmo e dos outros.

Saibamos que os conhecimentos restritos,

nunca foram à doação dos nobres de alma. Não confiemos naqueles que, tudo querem que sejam segredos ou até mesmo discrição de ensino.

Ordem encaixotada cheira a morte!

A Verdade merece sempre ser compartilhada!

Nas nuances de significados a compartilhar, observemos sempre a verdade que o Caminho anuncia.

Tenhamos competência existencial associada à elegância da leveza da simplicidade do momento.

Exilemos de nosso convívio os grosseiros estilistas de existências condenáveis e dissonantes das instruções do Eterno.

Causemos Paz, entre a razão e a Fé, que professamos em nosso Espírito, no momento.

Não cometamos a elipse de princípios que seguimos. Lembre-se de que, de sua morte aparente, você não chorará; somente os vivos o farão, ou talvez, nem estes!

A verdade é implacável e forte, a eternidade existe!

Assemos o pão que possamos repartir. Isto é Sabedoria pura. Falemos acerca de coisas que, realmente esteja acerca do nosso coração.

A fim de deixar a vida mais bela; não queira apreçar o trato ou apressar as demandas das emoções.

A nossa cessão para com a existência não deve transpassar os limites dos nossos valores de Vida.

Não sejamos o espectador de nossa jornada e sim, o expectador de nossos sonhos realizáveis e os Autores em nossa Vida. A autoria sempre será do Nome, mas Ele decidiu que a compartilhemos em atos de Amor!

Para aquele que inicia o Caminho, não permita que, a prudência lhe tome pelos braços de dúvidas.

Serenidade está na mente, no coração e apresenta-se no rosto. O Espírito é fonte de Luz.

Os nossos passos são ardentes, e experientes, para nos dar a Paz! O iminente momento de descoberta; dá-nos, o ato eminente de compartilhar.

Esta sociedade atual está para a proeminência das formas e não para a preeminência da alma do Ser. Infelizmente! ...

O nosso Espírito nos fala acerca de elementos de construção de ética e alicerces de códigos de moral. A ética é Vida e a moral é existência.

Sabemos os porquês. Porque sabemos que devemos nos conhecer nos porquês; estes que nos guiam os passos. Que nos orientam pelo Caminho, que nos constroem livres para o grande voo.

Quando me pergunto, onde mora a alma dos Caminhantes? A resposta sempre será esta: – Para aonde forem os passos dos Semelhantes! Momentos! ...

Creio que nos intervalos de Tempos; a ausência, ás vezes, é o que marca mais presença, deste corpo visível de recordações, que são difíceis de esquecer; nestas contemplativas demandas de sentimentos e explicações, gerando a busca de procuras desencontradas, por muitas vezes, desordenadas. Passos... Buscas e Encontros.

Faltam, por vezes, os instantes seguintes que criam expectativas felizes, mas os instantes são ilusões, deste vazio de antes, que se esvai com o Tempo, revelando a fragilidade das emoções de presentes e ausentes momentos...

A trajetória é silenciosa, já não nos dá medo da morte, nos ocupa com a Vida. Eu me ocupo com a minha Vida e compartilho contigo a minha existência. Simples assim! ...

Os imaturos são escravos do medo e os maduros são livres, pelo amor que transcende todas as consequências. De seus passos dados.

Portanto, a verdade desvelada urge que rias de ti mesmo! Rir oxigena o teu Espírito e resgata a tua alma, beneficiando também o teu físico. Alegra-te também com o próximo. A próxima existência compartilhada no calor do momento.

Os homens são escravos de seus olhos e as mulheres de seus ouvidos; mas, a razão de ambos os libertam de seus medos; fazem sentir as suas asas abertas! Sorriem liberdade em atos Serenos.

O Silêncio dos Sábios, muitas vezes, é ensurdecedor à alma.

O Verdadeiro caminhante não teme a sepultura e nem a sua própria cama. Sonha em meio a sua

Realidade. Rabisca em sonhos o que quer realizar e na manhã seguinte, desperta diante de suas potencialidades. Assim nos Caminhamos o Caminho!

A tua consciência te apaziguarás. O teu Espírito se fortalecerá.

Podemos compreender, mas não necessariamente concordar! Lembre-se que no "vale das sombras" as sombras são provocadas pela Luz. Sempre!

Conscientes de nossas limitações, partimos para transcendê-las. Esta é a agilidade que tanto necessitamos. Recorde assim dos sorrisos que brotarão em sua alma. Viva-os bem, compartilhe-os com excelência.

Saiba que hoje é o dia mais belo, o medo já não é um obstáculo. Não nos abandonamos no Caminho de nossos passos. O desalento não nos toca. Nunca mais! E sejamos úteis aos outros. No momento!

Tenhamos presente em nós, à sensação mais gostosa de toda a existência... A Paz interior. Isto transcende, e nos dá Vida.

A satisfação do dever realizado nos orienta. Pois, a nossa fonte de maior poder é a nossa Fé no Nome. Isto sim é ter Autoridade com poder.

Contenhamos presente à dignidade de nosso Ofício Real. Sintamo-nos satisfeitos, com os nossos feitos, nesta amizade que é custodiada pela lealdade, reforçada pela reciprocidade e enriquecida pelo afeto.

Lealdade, Reciprocidade e Afeto; Passos! ...

Sorria! Tu e eu somos seres que vivem; não

somente existimos. Este é o privilégio exclusivo dos Mestres. Cerquemo-nos de nossos próprios atos. Guardemos em nós, somente o que podemos compartilhar; O que desvela a totalidade de nosso Ser! ...os indivíduos, sempre farão as melhores escolhas, que estejam disponíveis para elas, naquele momento único.

Cada qual tem a sua própria e indivisível história para compartilhar.

Se tu estás conseguindo sempre o mesmo resultado, então urgentemente, faças qualquer outra coisa, mude conscientemente, para assim, saborear de outras aventuras; outros passos, o mesmo Caminho.

Geralmente as conclusões que efetivamos dos nossos feitos, em sua maioria, não condizem com a plena verdade; mas tudo bem, nós realmente necessitamos perceber a ilusão contida neles e, rirmo-nos deles depois. Sabedoria!

Nós nos encontramos agora intrinsecamente ligados a Fé e ao êxito de muitos, expressemos sorrisos de Gratidão. Espiritualidade é a nossa fonte!

Vemo-nos no Caminho dos Caminhantes, nas identificações de Semelhantes.... Em outras Facetas Humanas. Nas Cidades dos Imortais...

Até o próximo encontro! De considerações outras, de finais de começos.

Descobrindo-nos, no meio da chuva, envoltos pelos raios e embalados pelos trovões.

Sabedores que existem várias páginas a serem escritas, lidas, vivenciadas, pelas imaginações de uns, de muitos, para todos.

Vemo-nos em breve!

Em um dos Livros de Vida!

-_-

CONSIDERAÇÕES FINAIS

Sabendo da quantidade de amigos virtuais que as pessoas "têm" em seus relacionamentos modernos; parece até que, se está expandindo, o círculo de amigos mais chegados. Parece, mas não é Verdade! ...

Em Verdade, estamos desvalorizando a palavra: "Amigo"; o que se têm são pessoas conhecidas ou prestes a serem conhecidas "superficialmente". São desconhecidos que querem sair de seus anonimatos de instantes e clamam por momentos compartilhados...

Aquela pessoa que chega a conviver em sua existência cibernética, na casa decimal de amigos; é uma pessoa afortunada. Qualidade e quantidade, neste caso, faz a diferença.

O que sabemos é que, a maioria está se "relacionando", na casa dos milhares, que são superficialmente conhecidos, por suas expressões, que na maioria destas, não são de puras verdades. Algumas até coincidem com as nossas mentiras. Triste isto! ...

Lembre-se que estes tais "conhecidos" na estrada cibernética, não estarão interessados em seu Ser, mas comumente, estarão interessados em seu ter. Eles somente querem receber... Quase nunca compartilhar Vida. Somente alguns instantes de existência (duvidosa).

Infelizmente a humanidade está perdendo o respeito pelas palavras e pela Palavra.

A palavra: "Amigo", vem do Latim "Amicu" que é um adjetivo (Palavra que modifica o substantivo, indicando qualidade, caráter, modo de Ser ou estado relacional). Em que há amizade; há de existir; ser, e nunca de ter.

O Amigo é quem ampara ou defende; quem o é como protetor; somente o Amigo poderá sê-lo, não o conhecido.

O aliado no Caminho, o favorável; O Ser ligado ao outro Ser por laços de companheirismo, aquele que tem o laço de amizade mesmo. Sinceridade em atos, fatos. Este sim, torna-se Amigo.

Em verdade a Amizade é um presente do Criador. Necessitamos de elementos para existir, mas urge a amizade para se viver. Tesouro é este! ...

Em nosso Ofício de Vida, este é um título de nobreza – A Amizade. Tem-se o compromisso com o Caminho. Amigos para compartilhar existência e Vida...

Ser Caminhante, Semelhante e um aprendiz.

O Amigo alude a princípios éticos e morais que o Espírito compõe com a alma.

A ética do Amor, para ser justa, deve-se viver plenamente em si e com o outro. Com todo o ser.

Saiba e reconheça que, o Amigo, tira-nos de nossa limitada liberdade e instrui-nos a perdoarmos a nós mesmos, para assim, compartilharmos este aprendizado com o próximo.

Esta Amizade não se pode destruir por nada e nem por ninguém; nem por nós mesmos, se assim a honramos sempre!

O Amigo ajuda; não somente espera por ajuda.

O Amigo é aquele que vem a nós, sem que demandemos para contar com ele; que conversa e, em seus silêncios, transmite-nos muito aprendizado.

Assim é a amizade; são passos em perspectivas da Realidade, são valores compartilhados.

Agora tu já sabes a diferença entre Amigo e Conhecido. O primeiro é real, está ao teu lado, mesmo distante. O outro, pois, está sempre diante de ti, virtualmente perto e distante na realidade...

Somente os amigos sabem compartilhar suas alegrias. Os conhecidos declaram seus feitos, somente.

Compartilhar é a essência que faz a diferença. No que toca a Amizade, a quantidade não conta; A qualidade é o que é significativa neste processo relacional!

Se, de repente, se der conta que não tem realmente um Amigo (a), se possibilite em sê-lo para um (a) que, todavia, não o (a) tenha em amizade.

Qual é a diferença de palavras que, apresentam-se em nossa existência, como simples informações e, as palavras que nos formam em Vida?

- É que as primeiras, estas que nos informa, se registram na Mente, por um Tempo.

As segundas; Estas que nos formam; Se registram no Espírito eternamente.

Estas verdades eternas, compartilhamos com os outros em nossos atos diários. São Fatos de Vida; Atos de Existência!

Em breve, saberemos de nós, em outras escritas, de outras leituras, no Caminho deste Aprendiz de Sabedoria. Sendo nós, Caminhantes a descobrir de nós mesmos os passos e dos Semelhantes seres que são; as margens do Caminho.

Na Cidade dos Imortais, mil facetas se revelam, expressando a nossa corporeidade temporal, manifestando os nossos acontecimentos eternos...

Em O Diário de um Escritor que acentuam os limites que Caminhei e que caminhamos, nos descobriremos. E em uma Conversa Franca, que Discretamente nos faz Tropicar em Anjos, em diferentes descrições que nos acalentará a alma.

Não há movimentos absolutos no Universo, apenas relativos. Portanto, o agora está presente em nossos passos, sempre!

O ponto menor entre dois passos é a reflexão que o nosso ser realiza diante da simplicidade...

Foi-me agradável o compartilhar destes passos, os meus, nestas minhas escritas. Os teus, em tua leitura.

Vemo-nos em breve! ...

Escrevendo, lendo; Sendo!

Sendo o que Somos!

Filhos das Estrelas!

-_-

A

Vida

Realmente

Vale

A

Intensidade

Da

Existência!

O AUTOR

Sou brasileiro de nascimento, sul do Brasil, descendente de italianos, dos queijos e vinhos, pães caseiros e marmeladas...

Tornei-me também cidadão peruano por matrimônio, por decisão própria; e cidadão do mundo por reconhecimento de existência.

Profissionalmente me possibilitei viajar por todo o Brasil e América latina.

No Brasil e no Perú com minha família; escrevi meus livros.

Alguns rabiscos em outros países e alguns tão sozinho quanto as minhas recordações...

No Perú exerci à docência em algumas universidades e em instituto de formação de tradutores, Centros culturais, entre outros divertimentos intelectuais.

Lúcio Alex. Belmonte

O LIVRO

Facetas Humanas – 2013 - 2020

Facetas Humanas descreve o pulsar na vida nos relatos de existências de um **Jovem** e de um **Ancião** que choram de alegria, como uma espécie de colírio para os seus olhos de esperança e destilam da dor que também eles sentem, trazendo a eles, visões de esperança e a nitidez da realidade através da Reflexão!

Percebem O Caminho e adquirem a real liberdade através de seus próprios passo. Aprendizes de si mesmo, entendendo o outro e o entorno e constroem seus aprendizados de vida, nesta existência que é eterna até quando dure.

Nestas Realidades de preparação, necessitam da sabedoria que é vital para cada um, quanto à água, o oxigênio que sustenta, os alimentos que os impulsionam à existência, e as vestes de vossos ofícios...

Sabem que, em muitas vezes, o fato que determina o êxito, não são as escolhas realizadas, mas as renúncias efetivadas. Tomam Decisões! ...

Decidem educar à vontade, edificar-se nas comunicações inteligentes da percepção da realidade. Não dando trelas para o medo; vivendo a espiritualidade por excelência.

Estão, por vezes, esculpindo passos existenciais com o pó do Caminho; sabem que os instantes se vão como o pó, após o elevar dos passos...

Reconhecem que as motivações internas são muito mais reveladoras "de quem cada qual o é"; e que os atos externos escondem "de como eles Estão"; em Inocência ou ignorância deles mesmos...

Imprimem seus passos nas areias do tempo, estes tão curtos; eternizados na simplicidade de um sorriso.

Nunca permitindo que lhes roubem o sorriso, porque seria o ser, como uma noite sem luz; uma mente sem voz e um espelho sem reflexo. Seria uma tremenda escravidão a qual a sociedade os submeteria. Nunca permitindo que usem focinheira para tampar a luminosidade de um sorriso.

As nossas ações e omissões do passado não podem mais ser mudadas, mas o presente é generoso com a nossa ingenuidade; permite-nos criar, reinventar os sonhos, construir outras realidades.

O **Jovem** e o **Ancião**, são caminhantes, filósofos da existência, sabem que o humano não é sagrado pelo invólucro (Existência), mas, sim pelo seu conteúdo (Eternidade - Vida). São os soberanos de seus próprios passos, por este maravilhoso Caminho.

Nesse processo de caminhada, descobertas e ponderações, descritas nas páginas do tempo, eles têm ajuizamentos importantes, porquanto aprenderam que é muita falta de educação falar com a boca cheia de respostas, e de perguntas repletas de mentiras.

Convido a ti, leitor – leitora, a desvendar os seus próprios passos neste caminho descrito nesta obra: **Facetas Humanas**; e saber que, a felicidade nunca foi questão de escolha e sim de decisões.

A vida realmente vale a intensidade da existência!

Vemo-nos nas páginas seguintes!
Boa Leitura!

Escritor Lúcio Alex. Belmonte

OUTROS LIVROS DO AUTOR

01 - Facetas Humanas; (Romance)
02 - O Aprendiz do Caminho; (Romance)
03 - O Jovem e o Ancião; (Romance)
04 - Semelhantes; (Contos)
05 - A Cidade dos Imortais; (Romance)
06 - Caminhantes; (Conto)
07 - Os Limites que Caminhei
08 - (Sonetos Livres); (Poesia)
09 - Universo Alterno; (Romance)
10 - Os Pacíficos Descontinuadores (Romance)
11 - Aquele monge levitando? (R - C)
12 - Universo Alterno (Romance)
13 - Pensamentos Intensos (Conto)
14 - Tempos e Sonhos
15 - Os Filhos das Estrelas - os sobreviventes do gelo.
16 - Quarenta Passos; 2.000 (Conto)
17 - As Histórias de um Menino (Conto)
18 - Contos de um Adolescente (Conto)
19 - Relatos de um Jovem Adulto (Conto)
20 - Não me avisaram que eu era um Adulto
21 - Serei ou Seria um Adulto Maior?

Trilogias

Monarcas e Monos:

1 - A Irmandade dos Príncipes;
2 - A Sociedade Quase Secreta;
3 - A Sociedade Indiscreta.

A Irmandade Nazireus:

1- A Irmandade da Dúvida
2- Os Silêncios
3- O Guardião Real

Séries:

Tertúlias da Madrugada:
- Cartas para um amigo
- Conversa quase franca
- O silêncio
- Soníferas ilhas

Filosofia Espiritual:
- A verdade vos libertará
- Caminhando com o Criador
- Testificando o Supremo
- Ocultamentos
- Outras possibilidades
- Ética e Moral Espiritual
- Simplicidade de existir

Libros que Críe en español:
- Esa es Tu Libertad

Libros Bilingües (PT x ES / ES x PT):
- Sonetos Libres;
- La Ciudad de los Inmortales;

Escritor Lúcio Alex. Belmonte

CONTATO

EscritorLúcioAlex.Belmonte@live.com

@BelmontEscritor

https://escritorluciobelmonte.blogspot.com/

A vida realmente vale a intensidade da existência!

Esta é a história de dois personagens; O JOVEM e O ANCIÃO que se encontram no caminho da vida. Eles têm passos diferentes, momentos de existências desiguais e mesmo assim decidem se completarem em suas direções de harmonia...

Temos os passos do JOVEM que se fez só; Um sobrevivente da sociedade de consumo, desta sociedade que não se importa um pito com ele e com ninguém.

O outro é um ANCIÃO, que decidiu viver plenamente a sua vida, mesmo tendo que ir contra a corrente e assim se harmonizou em seus passos serenos, tempos que passam; Deixando os seus medos pelo caminho da existência.

Eles travarão confrontações de decisões, perdas e vaidades. Terão embates de direções de vida.
Maravilhar-se-ão com a descoberta do humor que os unirá e que lhes dará sabedoria.
Tomarão decisões de caminharem lado a lado, mesmo que em diferentes direções de alma.

Venha participar destes sessenta e dois dias de aventuras em Facetas Humanas...

Lúcio Alex. Belmonte